DU MÊME AUTEUR

Romans et récits

Aux Éditions Gallimard

CARESSE DE ROUGE, 2004, prix François-Mauriac 2004 (Folio n° 4249).

KORSAKOV, 2004, prix du Roman France Télévisions 2004 et prix des Libraires 2005 (Folio n° 4333).

BAISERS DE CINÉMA, 2007, prix Femina 2007 (Folio n° 4796).

L'HOMME QUI M'AIMAIT TOUT BAS, 2009, Grand Prix des lectrices de *Elle* 2010 (Folio n° 5133).

QUESTIONS À MON PÈRE, 2010 (Folio n° 5318).

LE DOS CRAWLÉ, 2011 (Folio n° 5515).

MON TOUR DU « MONDE », 2012 (Folio n° 5828).

SUITE À UN ACCIDENT GRAVE DE VOYAGEUR, 2013, prix des Mouettes 2013.

CHEVROTINE, 2014 (Folio n° 6053).

TROIS JOURS AVEC NORMAN JAIL, 2016 (Folio n° 6389).

DIX-SEPT ANS, 2018 (Folio n° 6735).

MARINA A., 2021.

Chez d'autres éditeurs

ROCHELLE, *Éditions Fayard*, 1991 (Folio n° 4179).

LES ÉPHÉMÈRES, *Éditions Stock*, 1994 (Pocket n° 4421).

CŒUR D'AFRIQUE, *Éditions Stock*, 1997, prix Amerigo-Vespucci (Folio n° 5365).

NORDESTE, *Éditions Stock*, 1999 (Folio n° 4717).

UN TERRITOIRE FRAGILE, *Éditions Stock*, 2000, prix Europe 1 et prix des Bibliothécaires (Folio n° 4856).

LE MARCHEUR DE FÈS, *Éditions Calmann-Lévy*, 2013 (Folio n° 5886).

FILS DE BERBÈRES, *Éditions Philippe Rey*, 2014.

LA PRESSE EST UN COMBAT DE RUE, *L'Aube*, 2020.

Suite des œuvres d'Éric Fottorino en fin de volume

MOHICAN

ÉRIC FOTTORINO

MOHICAN

roman

nrf

GALLIMARD

Nos fils verront ça, la faillite de la terre.

Émile ZOLA, *La terre*

Il est debout devant ses champs. (...) Il est solidement enfoncé dans la terre comme une colonne.

Jean GIONO, *Regain*

I

Déluge

Nu labourer et nu semer

VIRGILE,
Les Géorgiques, Livre I

1

Brun sortit une gauloise de son paquet fripé. Il la laissa pendre à ses lèvres et oublia de l'allumer. Il resta un instant hébété à contempler la place du foirail. Les jours sans marché, le bourg était mort. Comme lui bientôt, pensa-t-il. La voix du docteur Caussimon résonnait dans ses oreilles.

— Brun Danthôme, s'était-il écrié en martelant son nom. Pourquoi t'es pas venu me voir avant ?

— Avec les moissons, les foins, les champs à racler pour les semis, j'ai pas eu une minute, s'était défendu Brun.

— T'aurais dû !

La voix colère du médecin trahissait son inquiétude. Maintenant c'était trop tard. Sauf miracle. Brun avait bien ressenti des coups de fatigue à la fin de l'été. Mais il n'était pas homme à s'écouter. Il s'était dit qu'une vieille carne comme lui devait se donner des coups de pied au derrière pour avancer. À soixante-seize ans, il gardait le feu sacré. Une vie de peine sans se lamenter jamais. De quoi se serait-il plaint, puisqu'il tirait sa pitance de la terre chaque jour que Dieu lui donnait, même s'il n'y croyait guère, au grand ordonnateur du ciel. Un soir pourtant, au retour des champs, le paysan s'était trouvé mal. Son fils Mo l'avait aperçu qui titubait sur le chemin de la maison. Il l'avait soutenu jusqu'à la cuisine, soupçonnant Brun d'avoir forcé sur la bouteille. Mais non, son haleine ne sentait rien que l'anis d'un grain coincé entre ses dents. Il avait grogné que la tête lui tournait. Mo l'avait aidé à se coucher sur son lit et le lendemain il s'était levé à quatre heures pour les bêtes, comme d'habitude. Il y avait eu d'autres signes encore, des migraines, des vomissements, le cœur qui s'emballait sans raison certains soirs, une sensation d'abattement, mais jamais assez pour pousser Brun dans la salle d'attente de son ami Caussimon qu'il fournissait en volailles et en lait depuis des lustres. Deux semaines plus tôt, l'alerte avait été plus sérieuse. Le paysan était parti dans une toux terrible qui avait manqué de l'étouffer. Il s'était dirigé à grand-peine jusqu'à l'évier, et là une gerbe de sang avait jailli de sa gorge. Devant cette coulée rouge sur l'émail immaculé, Brun avait eu un mouvement de recul mais sans la moindre peur. La mort, il l'avait souvent croisée sous le sabot d'un taureau, méchant comme tous les taureaux. Ou sous les roues d'un tracteur.

C'était autre chose, ce spectacle. L'annonce d'un danger qui dépassait sa modeste personne pour viser l'humanité tout entière dont il n'était qu'un pion ridicule. Ce n'est pas le moment de calancher, avait pensé Brun, saisi par ce tableau expressionniste qui s'effaçait dans l'évier en longues arabesques grenat sous le jet crépitant du robinet. Il se donnait encore une paire d'années avant de laisser les Soulaillans à Mo. Presque cinquante hectares de champs, de prairies de fauche et de vignes, ça faisait parler dans ce Jura morcelé, même si la terre était ingrate et caillouteuse, et toujours plus basse avec le temps.

La combe des Soulaillans, c'était aussi des vergers, des pâtures et des bois, une sombre armée de sapins, des taillis et des flancs de coteaux ouverts à tous les vents d'un coup de hache, un bouquet de mirabelliers, des rangées de merisiers, un potager généreux pour ne jamais voir tomber dans les assiettes un triste légume d'artifice. Sans oublier le bâti avec le moulin à meule de pierre, de profonds hangars, le pressoir et le cuvier à vendanges. Et surtout le logis massif couvert de tuiles d'épicéa et d'épais bardeaux descendant bas sur les façades. Il fallait ça pour contrer la bise de Sibérie ou les bourrasques tourbillonnantes de la traverse enflée de pluies océaniques. C'était le logis ancestral des Danthôme protégé par son large toit faiblement incliné qui supportait le poids de la neige six mois l'an. Et que perçait son tuyé noir en chapeau pointu – on disait le « tué » –, la vaste cheminée cathédrale au cœur du foyer où Brun fumait ses saucisses et ses viandes s'il n'envoyait pas y brûler des branches poivrées de genévrier qui ressuscitaient les grandes flambées de son enfance. Quant aux granges et à l'écurie, on les avait directement reliées à l'habitation, une ruse contre le général Hiver et ses furies glacées.

À l'inventaire figuraient encore les chais, l'ancienne briqueterie au bord de l'eau, un chevelu de rus et de ruisseaux, un bout de rivière transparente où Brun plongeait un fil le dimanche – brochet au coup du matin, truite au coup du soir. Et les animaux qui faisaient le capital sur pattes de la propriété. Les six laitières, les chevaux de trait, l'âne de Jérusalem, une basse-cour piaillante, coq, poules et oies, deux braves chiens qui valaient bien un vacher. Les Soulaillans c'était une manière de vivre, au pied des montagnes en pente douce et de leurs croupes gentiment galbées, dans un lacis de vallées et de plateaux empilés qui finissaient par aller chercher le ciel sans y penser.

Un mois plus tôt, le docteur Caussimon avait longuement ausculté Brun. Il n'avait rien trouvé d'autre qu'un début de vieillerie mais il avait insisté pour que le paysan fasse des analyses. Les résultats venaient de tomber. Brun ne bougeait pas, essayant de desserrer l'étau qui comprimait sa poitrine. « Leucémie », venait de lui asséner Caussimon. Brun avait encaissé. Où avait-il attrapé cette vacherie ? Le médecin avait haussé les épaules. « Va savoir. Les analyses disent que tu es malade. Elles ne disent pas pourquoi. » C'est seulement après que Brun avait demandé s'il était foutu. Son ami avait baissé la tête sans répondre. Il remplissait une ordonnance tout en appelant un confrère à l'hôpital de région, à quatre-vingts kilomètres de là. Quand il eut raccroché, il lui avait obtenu un rendez-vous pour le milieu de semaine.

— Je ne suis pas un spécialiste, avait fini par articuler le docteur. Je crois que tous ces produits que tu balances sur tes terres ont fini par te jouer un sale tour. On a connu plusieurs cas ces derniers mois. Des gars comme toi qui envoient de la chimie bras nus depuis qu'ils ont quatorze ans, sans combinaison ni rien, avec des gants déchirés ou pas de gants du tout, et des masques comme des passoires quand ils en mettent. À la longue, ça peut faire des dégâts.

Certains sont touchés à la vessie, d'autres à la prostate, aux bronches ou au cerveau. Toi c'est le sang.

Brun s'était levé. Le docteur Caussimon lui avait glissé qu'il l'aiderait pour que sa leucémie soit reconnue par la Sécurité sociale comme une maladie professionnelle. Brun avait remercié, l'œil vague, absent à lui-même.

Il marcha quelques pas jusqu'à sa camionnette qu'il avait garée devant la quincaillerie. Un jour normal il aurait poussé la porte pour embrasser la Jabine derrière son comptoir. Ils auraient parlé de tout et de rien, du travail des champs, du ciel un peu trop bleu, du manque de pluie, du mariage de sa nièce avec un jeune de la ville, l'avis était punaisé près de la caisse pour un vin d'honneur à la mairie – tu viendras j'espère ? Elle lui aurait montré ses articles en réclame, ses nouvelles séries d'outils, des cruciformes inusables, et ses bobines de ficelle agricole en sisal. Cette fois il s'engouffra dans sa camionnette sans un égard pour la vitrine. Une pensée le harcelait. Depuis toujours ses bidons de chimie servaient à éliminer les parasites. Le parasite, à présent, c'était lui.

2

Sitôt rentré aux Soulaillans, Brun planqua ses médicaments dans sa chambre. Il ne voulait pas que Mo sache. Son fils était occupé à l'étable avec le vétérinaire. Une vache était prête à vêler. Une affaire de deux ou trois jours pas plus vu sa température qui montait. Ça ferait un joli veau pour l'automne qui roussissait déjà la campagne. Il s'assit sur une chaise de la cuisine et se mit à parler tout seul. Pas exactement tout seul car ses mots étaient pour sa femme Suzanne, l'âme de la ferme qu'un cancer du sein avait emportée quinze ans plus tôt, une veille de Pâques. Maintenant c'était son tour. Il ne s'apitoyait guère sur son sort. Ce n'était pas le genre de la maison. Hommes et bêtes étaient logés à la même enseigne, chez les Danthôme. Il parlait à voix basse, comme on se confesse. C'est la dernière chose qu'il aurait pensé faire, se confesser. Pour le bon Dieu, il fallait s'adresser à Suzanne, et Suzanne avait quitté la terre pour le ciel, c'était aussi simple que ça. Un aller sans retour. Brun essayait de comprendre ce qui lui arrivait. Ses gros doigts serrant les papiers du labo, il se cognait à l'énigme des chiffres. Il était plus à l'aise pour calculer ses rendements à l'hectare ou les quantités d'azote à épandre dans ses champs. C'était bien le problème, avait dit le docteur Caussimon. Il en avait déversé des engrais, des herbicides, des insecticides, des fongicides, il pouvait en réciter la litanie, depuis le temps. Le Lasso, le Gaucho, le Nettoyeur, Terminator et tant d'autres. Ceux avec du benzène, ceux avec de l'alachlore, de l'endosulfan, de l'atrazine. Sans doute qu'au début il avait eu la main lourde. Il fallait bien sauver les récoltes, surtout les années sèches ou inondées. Son père avait redouté sa vie entière les caprices du ciel. Brun avait hérité de ses terres et de ses tourments. Trop d'eau, pas assez d'eau, trop froid, trop chaud, trop humide, trop sec, c'était le cycle infernal de leur usine sans toit. Brun puisait dans les bidons, il respirait à plein nez l'odeur âcre des produits, avec leur tête de mort sur l'étiquette et les modes d'emploi illisibles tellement ils étaient écrits petit dans un charabia à décourager un titulaire du certificat d'études. Sans parler de sa maigre vigne qu'il défendait à coups de sulfateuse. Si la crainte lui restait dans la gorge de voir son grain et son raisin perdus, d'entendre les boulets de grêle hacher menu ses récoltes et mitrailler ses fruits, Brun s'endormait le soir avec un Témesta. De la chimie pour ses plantes, de la chimie pour ses angoisses, et les vaches étaient bien gardées. Il se demanda tout à coup si la maladie de Suzanne n'était pas venue de là, elle aussi, sournoisement, à bas bruit, sans montrer sa gueule.

C'était un sujet de friction avec son fils, la chimie. Une guerre de religion. Brun y croyait, Mo n'y croyait pas. Il refusait même d'en entendre parler. Le respect qu'il avait pour son père vacillait quand ils s'écharpaient sur la question des traitements. Au point qu'ils préféraient ne plus en parler.

Mo était un gaillard de trente-six ans. Nourri d'écologie autant que d'agronomie, sensible aux paysages, aux cours d'eau et à la faune sauvage – un hiver il avait sauvé un jeune lynx pris dans un piège à loup –, bercé de poésie du vivant de sa mère, il voyait d'abord le beau là où Brun voyait le rendement et l'argent pour rembourser les crédits. Mais en cas de contrariété, des éclairs inquiétants passaient dans le regard bleu du fils, s'il ne le noyait pas dans la fumée de l'herbe qu'il cultivait à l'abri des collines, derrière ses plants de tomates et de paprika, sur les éminences de la propriété que Brun lui avait cédées trois ans plus tôt. Sans papier ni notaire. Une phrase avait suffi, claquant comme un ordre : « Tu prendras les terres du haut. » Là il cultivait ce qu'il voulait comme bon lui semblait, mais pas dans les Grands Champs, le grenier à blé des Soulaillans que Brun surveillait comme un coffre-fort. C'est vrai qu'il pouvait faire peur, Mo, avec sa haute taille et ses larges épaules, son visage anguleux, ses cernes par trop accusés que balayaient ses longues mèches blondes.

Question pratiques agricoles, les deux hommes restaient sur leurs positions. Brun opposait le progrès aux ravageurs. Mo tenait ces poudres et ces liquides verdâtres pour des poisons. Ils avaient raison tous les deux. Mais le fils avait un peu plus raison que son père. C'est ce que le docteur Caussimon venait de révéler à Brun.

3

D'après Mo, tout avait commencé trois mois plus tôt, cette nuit de juillet où leur vieux cheval s'était empalé sur les grosses dents du tracteur. Plus exactement, c'est la fin qui avait commencé. Le début de la fin. La veille, il avait fixé les piques d'acier à l'avant de l'engin pour hisser les bottes de paille. Aux Soulaillans, le jeune paysan avait travaillé dur avant l'arrivée de l'orage. Brun avait disparu, Mo ignorait où. De la maladie de son père, il ne savait rien. S'il s'inquiétait, c'était du nœud coulant de la dette, du lait et du blé qui ne valaient plus la sueur pour les produire, de la faillite qui menaçait. Mais à ce moment précis, il redoutait surtout le ciel à front noir et crépitant d'éclairs prêt à lâcher ses trombes d'eau. Mo avait quasiment fini les moissons des Grands Champs et des parcelles bordant la cascade, pas commodes à cause de la pente. Une ou deux fois la machine avait failli verser. Il n'aurait pas été le premier à passer sous une moissonneuse. Il avait coupé son blé jusqu'à la nuit, dans le halo des phares qui soulevait une boule de poussière translucide. Restait les pièces les plus faciles, le long de la route qui menait au bourg. Il remit au lendemain, c'est-à-dire à l'après-midi, car il était déjà trois heures du matin quand il rentra se coucher.

Le souvenir l'obsède. Une sueur glacée, la lame d'un couteau entre ses omoplates. Cette nuit-là, Mo est tombé tout habillé sur son lit de noyer, le lit où il est né, comme son père et son grand-père, comme tous les Danthôme. Des durs au mal et des taiseux, avec leurs mains épaisses et le cœur durci au froid des hivers sans repos. Mo a sombré sans demander son reste. C'est une plainte effroyable qui l'a tiré du sommeil. Encore hébété il a poussé les volets avec ses poings. Des éclairs projetaient une lumière crue de magnésium. Le tonnerre grondait, chaque fois plus proche. Les chiens aboyaient mais il ne s'agissait pas des chiens. Le spectacle lui parut confus avant qu'il ne se réveille pour de bon. Alors Mo eut l'impression d'un combat de titans entre un stégosaure et son cheval qui dans un hennissement du diable tentait de s'extraire des pales plantées dans sa chair.

Sur ses vieux jours, Perceval s'était mis à craindre la foudre. Dans cette nuit électrique il avait brisé sa corde et défoncé la porte de l'étable d'un coup d'épaule. Il se serait enfui si le tracteur aux dents dressées ne l'avait stoppé en pleine course. Brun était déjà près de lui et tentait de libérer ses antérieurs. Mais le comtois se cabrait avec une telle force, décuplée par la douleur, que même avec l'aide de Mo accouru en catastrophe, le vieil homme n'arrivait à rien. Les naseaux écumants, ses cils en brosse ombrant sa pupille noire, Perceval se débattait. Pas une bride, pas une courroie de selle pour l'attraper. Soudain il cessa de hennir. Une plainte inconnue emplit l'air déjà chargé de foudre et de sang, de l'odeur de brûlé des sabots frénétiquement frottés contre le pavé de la cour. La plainte entra dans les oreilles des Danthôme et plongea tout au fond de leur âme. Perceval pleurait. Il mourait en pleurant. Jamais Mo n'oublierait ses pleurs déchirants. Avec son père ils l'avaient retiré doucement des crocs du tracteur. Aussitôt, des geysers de sang noir avaient giclé du poitrail. Un frisson avait parcouru son échine. Puis il s'était effondré, ses gros yeux révulsés, manquant d'écraser dans sa chute le père et le fils.

Sur le coup, Mo a hurlé. Des gens des alentours affirment avoir entendu ses cris désespérés, bien que les premières maisons du village soient éloignées d'un bon kilomètre. Perceval, c'était le cadeau de son entrée au lycée agricole, l'année de ses seize ans. Saison après saison, il avait tiré les charrues et les semoirs, porté sur son dos ou promené en carriole les gamins de la famille, les cousins, les copains, ses petits flirts aussi, qu'il invitait aux Soulaillans. En répétant le nom de son cheval, Mo s'est rappelé les mots de sa mère, qui plaçait la grammaire au-dessus du travail des champs. « Un cheval, des chevaux. Mais Perceval est unique, comme toi, comme chacun de nous. On dit un Perceval, jamais des Percevaux. » Mo n'a pas oublié la règle maternelle. Et il se demande à présent si Perceval le transpercé ne portait pas la mort dans son nom.

Au moment de sa retraite, à dix-huit ans sonnés, ils lui avaient évité l'abattoir. Qui aurait eu l'idée d'abattre un frère, un ami, un ange ? L'animal avait reçu un pré herbu comme un seigneur son fief. Un joli pré à flanc de colline, qu'il broutait à longueur de journée. Les pâquerettes, les pissenlits, les fleurs de carotte avec leur délicate broderie, les orties, les boutons-d'or, les feuilles d'arbousier, les baies sauvages qu'il mâchait débonnaire, le museau plongé dans la végétation, tout lui faisait ventre. Le soir il n'avait besoin de personne pour regagner l'étable. Un cheval sait toujours la route du retour.

Avant d'être réveillé en sursaut par les gémissements de Perceval, le jeune homme cauchemardait. Des visions qui le traquaient jusqu'au fond de son lit même quand il frôlait l'épuisement, avec la figure du banquier, du conseiller agricole, d'une jolie fille qui ne voulait jamais de lui à cause de la terre à ses souliers et des études qu'il n'avait pas poussées assez loin. « Ce sera la dernière récolte. » Le paysan s'était redressé sur son lit avec ces mots sur les lèvres. Les hennissements de Perceval étaient venus conforter ce présage. Parfois le cheval semblait à Mo un protecteur plus sûr que son père, surtout ces derniers temps où Brun perdait de sa superbe.

Le père et le fils demandèrent une dérogation aux services vétérinaires pour enterrer Perceval derrière le potager, là où son fumier faisait le lit d'énormes potirons. Le lendemain du drame, sous le soleil revenu, sous l'immensité bleue que pas un nuage ne venait ternir, Mo creusa un trou de géant et ce fut fini. « Quand je dis que c'était fini, c'est vraiment que tout était fini », insisterait-il bien plus tard, devant le tribunal.

4

Dès sa prime enfance, le patriarche des Soulaillans avait succombé aux sirènes de la modernité. Dans la mémoire de Brun pétaradaient encore les « P'tits Gris » du plan Marshall, ces tracteurs de poche que les Américains avaient offerts aux paysans pour sortir les campagnes du marasme et nourrir la France. Le leur s'appelait *Little Boy*. Léonce, le père Danthôme, avait fait une grande fête à la ferme lorsqu'il l'avait reçu flambant neuf, avec son capot robuste et sa selle en poêle à frire, le chiffre de l'année 1947 gravé sur la calandre. Gamin il avait passé ses journées derrière une paire de bœufs attelés à labourer les champs du matin au soir, une tartine de pain frotté d'ail en guise de manger. Et voilà que d'un coup de baguette magique, les chevaux-vapeur vrombissants se jouaient des terres biscornues des Soulaillans.

Nul n'avait réalisé que *Little Boy* était le nom donné à la bombe atomique lâchée sur Hiroshima par les mêmes Américains. Ce petit tracteur sorti des chaînes Ford et des grandes plaines de l'Oncle Sam était une arme tout ce qu'il y avait de pacifique, sauf contre Staline et son communisme agraire. *Little Boy* éradiquait la faim là où il passait avec ses roues cerclées de métal, ses gros pneus arrière et son moteur quatre cylindres auquel s'ajoutait un système révolutionnaire de levage hydraulique. On enfonçait le pouce dans le bouton-poussoir et hop, les vingt-quatre chevaux démarraient d'un coup. C'était un beau projet, pour les Danthôme, de nourrir la France, depuis leurs terres de piémont qui annonçaient le haut Jura. C'en serait fini pour de bon, des « jours sans » de l'Occupation, des tickets de rationnement et des privations. On parlait même de nourrir le monde, et les images en noir et blanc des enfants moribonds d'Afrique savaient ébranler les consciences paysannes. Il fallait d'urgence produire pour éradiquer les famines sur toute la planète.

Ce discours naïf teinté de bonne conscience faisait mouche aux Soulaillans. Le gasoil coulait à flots, avec sa belle teinte rosé de Provence. On entendait vrombir les moteurs Ferguson, dispensant partout abondance et espérance. Le progrès. On n'avait que ce mot à la bouche. Un progrès venu d'Amérique et pas d'ailleurs, ajoutait Léonce Danthôme. Brun avait grandi dans cette mythologie. Dès l'enfance il avait gobé sans tout comprendre les paroles de son père. Mais la musique était claire, l'ennemi désigné. Staline avait écrasé la faucille sous le marteau. L'ouvrier Stakhanov avait liquidé le paysan, cet ennemi de la Révolution avec son sens petit-bourgeois de la propriété. Le monde libre, lui, allait le réhabiliter. Par son ample geste qui sauvait l'humanité, la Marianne semeuse donnait tout son poids au franc lourd. Brun était né dans cet après-guerre rempli d'optimisme et de foi dans la technologie. Labourage et pâturage seraient à jamais les mamelles de l'Occident. La chimie tuerait les ennemis des cultures comme les Alliés avaient eu raison des Nazis. On n'hésitait pas à forcer le trait.

Chez les Danthôme on eut tôt fait d'adopter les pesticides. La plupart des voisins se montrèrent plus rétifs. Les paysans de la vieille école se méfiaient de ces produits qu'on ne touchait qu'avec des gants, qui brûlaient les yeux et perforaient le porte-monnaie. Leur préférence allait aux savoirs rustiques, aux prédateurs naturels, bourdon et coccinelle, ennemis ancestraux des pucerons et autres pyrales. Ils privilégiaient le mouvement coopératif qui prêchait l'entraide au milieu du chacun pour soi. Brun était sensible à ce discours et savait tendre la main. Surtout pour le lait des petits éleveurs dont il organisait la collecte vers les fruitières à comté, le nom qu'on donnait ici aux fromageries. Mais c'était d'abord un chef. Un meneur qui aimait surprendre et innover pour être le meilleur agriculteur du canton et pourquoi pas du pays. L'esprit de compétition le tenaillait au plus profond, c'était dans ses nerfs et dans son tempérament. Lorsqu'il fut en âge de prendre la ferme en main, les syndicats paysans n'avaient qu'un mot d'ordre : « Quand ton fils a grandi, fais-en ton frère. » C'est ainsi qu'il eut un fils. Et qu'il n'en fit pas son frère.

5

Ce matin-là ça barda une fois de plus entre Mo et Brun. Sitôt bu son café, le vieux paysan était monté seul vers les parcelles du haut. C'était le domaine de Mo mais Brun voulait savoir où en étaient les semis. Quand il lui posait la question, son fils lâchait un soupir agacé. Ne pas labourer une terre entre deux récoltes semblait à Brun le comble de l'hérésie, il n'osait pas dire de la fainéantise. Depuis gamin il avait vu la terre fumer sous le poids de la charrue. Une entaille bien nette et profonde qu'il veillait depuis tout gosse à imprimer au sol. Posté à l'arrière, il empêchait le soc de basculer pendant que son père, badine en main devant les bœufs, s'assurait de la rectitude du sillon. Et voilà maintenant qu'on ne se donnait plus la peine de remuer la terre, de casser les mottes, de déchaumer. C'était les nouvelles idées écologistes. Du travail de sagouin. Il en avait mal au ventre.

Quand Brun se mit en route, plantant son bâton au rythme alenti de son pas, Mo travaillait depuis l'aube autour des noyers. Brun aperçut sa grande silhouette qui s'activait mais il s'arrêta au bord des champs qu'enveloppait encore une écharpe de brume. La terre était une masse sombre et embuée. Brun s'assit sur un banc de pierre et alluma une cigarette. Fumer l'apaisa. Vers neuf heures, un petit soleil maigre ouvrit une trouée dans le brouillard. Brun cligna des yeux. La lumière lui était entrée violemment dans les pupilles. Il aimait cette sensation d'être ébloui. Comme un deuxième réveil. En un regard il découvrit ce qu'il craignait. Le vieux paysan se dressa d'un bond, ragaillardi par le tabac, à moins que ce ne fût la colère. Devant la silhouette du fils qui s'approchait, il cria :

— C'est quoi ces repousses partout ?

Mo ne broncha pas. Son souffle dessinait dans l'air de petits nuages transparents.

— Ton champ est sale ! Il est sale ! répéta Brun en haussant la voix.

Ça y est. Il l'avait dit. Il l'avait crachée, sa rancœur devant un monde qu'il ne comprenait plus. Il ne connaissait pas plus grande injure pour un cultivateur. Pourtant Mo continuait sa besogne sans réagir. Désormais, c'était sa parcelle. Il la conduisait à sa guise.

Brun s'excitait de plus belle.

— Tu vas quand même pas semer les orges là-dessus ? Elles vont attraper toutes les maladies avec ces mauvaises herbes en veux-tu en voilà, sans parler des limaces qui vont se régaler. Une dose de fongicide, c'est pas la mer à boire, nom de nom !

— Si, justement. Ces mauvaises herbes, comme tu dis, elles retiennent la terre au lieu que le vent l'emporte je ne sais où. Et quelles maladies ? On aura des orges saines, sois tranquille.

Mo avait parlé sans s'énerver. Il savait que ça ne servait à rien. Combien de fois ils avaient eu ces discussions en fin de repas ou en arpentant les talus des Soulaillans, chacun croyant pouvoir convaincre l'autre. Brun avait beau refaire l'histoire des engrais chimiques, fustiger le salissement des parcelles avec les gourmands, les coquelicots et les bouts d'épis en bataille, Mo rétorquait fumure, coccinelles, couvert végétal. Et si c'était de saison, quand l'été pointait, il ajoutait fleurs des champs, bourrache, dent-de-lion et nigelle bleue de Damas.

— La terre a besoin de repos, fit Mo d'une voix égale.

— Comme si je me reposais, moi ! maugréa le père.

Ce dialogue de sourds durait depuis le retour de Mo à la ferme, après ses années à l'école d'agriculture de Besançon. Quinze ans déjà mais Brun ne voulait rien entendre. Le fils partit prendre un outil à la cabane. Quand Brun le provoquait, il attendait que l'orage passe. Et il passait toujours. Mais ce matin-là Brun n'en démordait pas, comme s'il voulait à tout prix en découdre. Conjurer le verdict du docteur Caussimon.

— Ce qu'il faut pas entendre ! s'énerva-t-il encore en agitant son bâton, tandis que Mo repassait à sa hauteur. C'est honteux, une terre pareille, tu...

Brun s'interrompit brusquement. Les mots restèrent coincés au fond de sa gorge. Un vertige le fit vaciller. Mo était reparti vers son champ mais le silence soudain de Brun le fit se retourner. Il courut à sa hauteur juste à temps pour l'empêcher de tomber. Ses jambes ne le tenaient plus.

— C'est rien ! s'agaça Brun.

Mais il se laissa faire quand Mo souleva le bras paternel sur sa solide épaule et l'emmena jusqu'à la cabane. Il le fit asseoir puis lui versa une tasse de thé chaud de son thermos. Brun grimaça. Il détestait le thé.

— Ça va te requinquer.

Mo dévisageait son père. L'agacement avait cédé à l'inquiétude. La pomme d'Adam de Brun sautait de bas en haut comme un ressort alors qu'il répétait : « C'est rien ! ça va déjà mieux. » Était-ce une impression ? Son cou de lutteur paraissait moins fort, et ses traits plus émaciés qu'à l'habitude.

Brun regarda autour de lui. Cette cabane en planches de sapin, il l'avait construite depuis un bail. Et elle tenait debout. Ce qu'il faisait de ses mains, c'était droit, carré, durable. C'est ce qu'il croyait avant sa visite chez le docteur. Mo lui remplit à nouveau sa tasse. Brun y ajouta un sucre pour chasser l'amertume. Les deux hommes se regardèrent. Brun esquissa un sourire, auquel répondit Mo. Il y avait entre eux la pudeur mêlée de dureté qui depuis toujours tenait à distance le moindre attendrissement. Mo ramena son père d'un coup de tracteur. Ils n'échangèrent plus une parole. Le silence parlait pour eux.

6

Le jour de son rendez-vous à l'hôpital – « la veille de la Toussaint », avait-il fait remarquer à son médecin –, Brun resta à la ferme. Il se leva à l'aube et s'occupa des bêtes sans rien changer à sa routine. Rentré de l'étable sur le coup de sept heures, il se prépara un café noir et coupa une grosse tartine avec son couteau pliant qui ne quittait jamais le fond de sa poche, le manche taillé dans une branche de châtaignier et la lame aussi tranchante qu'un rasoir. Brun l'examina. Sa vue le rassurait. Son couteau ne l'avait jamais trahi, lui, qui coupait une pomme en deux d'une simple pression de la main. Il remonta dans sa chambre avaler son médicament et s'abandonna dans son fauteuil. Il évita de s'allonger, de peur de s'endormir – de mourir, qui sait ? Il lui fallait au contraire rester éveillé pour comprendre. Une question l'obsédait : qu'avait-il fait de mal ?

Cette épreuve, il n'en démordait pas, était une sanction personnelle. Un jugement à charge. Il y avait tellement cru, à son métier de paysan. Ce n'était d'ailleurs pas un métier. C'était bien plus que ça. Une façon de vivre sans autre maître que la course des saisons. Il fallait travailler, et ceux qui voulaient faire de lui un gentil paysagiste trouvaient à qui parler. Un jardinier de la nature, un tondeur de gazon, et puis quoi encore ? Comme il les avait envoyés valser, les élus du village, quand ils l'avaient prié d'entretenir la portion du GR qui parcourait ses terres. Il n'en avait rien à faire, de leurs promenades sac au dos. Si tout le monde se baladait, qui allait labourer ?

C'était sa seule religion, le travail. Avant de cultiver la terre, l'homme ne travaillait pas. Il chassait, il cueillait, il allait et venait au hasard de sa condition d'errant. Le travail était né là, dans ces sillons de guingois que les premiers hommes avaient tracés tant bien que mal avec des cornes de cerf rougies au feu pour y jeter quelques graines sauvages enveloppées d'une fine pellicule d'argile. Brun le savait. Il l'avait lu dans les pages de la grande encyclopédie reliée pleine peau que Léonce avait achetée par correspondance avant la guerre – le trésor des Soulaillans, avec la reproduction de *L'Angélus* de Millet au petit point de broderie – et que Brun conservait avec respect derrière la porte vitrée du buffet de la salle à manger, à côté des *Sélection du Reader's Digest* et d'une collection complète de la revue *Rustica*. L'agriculture avait inventé le travail, c'était incontestable. Pour un peu, il aurait même soutenu qu'elle avait inventé la France, dont il continuait de mesurer la grandeur en journées de selle comme aux heures exaltées de la Révolution, vingt-quatre jours en long, dix-sept jours en large. De 1789, il conservait la mémoire vive du calendrier décalqué sur le temps des champs. Il n'était pas rare, même sans goutte de gentiane dans le nez, qu'il déclame en termes fleuris les noms de ventôse, de pluviôse, de floréal ou de germinal.

Ces mois rêvés éveillaient en lui des images qui, faute d'être pieuses, parlaient au plus profond de sa conscience. Les révolutionnaires avaient voulu créer un temps nouveau relié aux choses de la terre, un temps zéro. Brun aurait tant aimé que les saisons restent en l'état. Mais le temps s'était accéléré. Qui, à présent, aurait rattaché ventôse aux vents, brumaire aux brumes, germinal à la levée du grain, ou vendémiaire aux vendanges ? Ses mois préférés étaient les mois en « or », messidor annonçait les moissons, thermidor la chaleur aussi insoutenable que ventôse était froid, fructidor donnait enfin les fruits de toute sa peine. Le vingt-huitième jour de fructidor s'appelait « maïs ». C'était la date de son anniversaire. Son état civil et ses papiers bien en ordre dans un tiroir du buffet ne disaient toutefois rien de lui. Il fallait consulter le registre séculaire des Soulaillans pour découvrir la véritable identité de Brun, avec les variétés semées, les tonnages, les intempéries, les espoirs de récoltes écrits de sa main et par tous les Danthôme avant lui, espoirs revus trop souvent à la baisse. Il n'avait de rapport au monde qu'à travers ses terres, minces terres caillouteuses des hauteurs, fortes terres argileuses de la plaine.

Sa raison de vivre était tout enfouie dans ces étendues fécondées qui portaient l'épi comme un destin vertical. Plus il se penchait sur ses sillons, plus il se sentait grand, utile, et somme toute heureux. C'était sa vie et le docteur Caussimon répondait leucémie. Brun s'en souvenait bien, des journées à récolter les blés, des soirs de fête près de la batteuse avec les fermiers des collines venus donner la main, une fois le grain à l'abri sous la bâche bleue des ciels d'été si vastes, mais jamais autant que les Soulaillans qui lui semblaient encore plus grands que l'horizon. Labourer, semer, récolter, et recommencer, respirer le grand air, c'était sa vie, il n'en connaissait pas de meilleure.

Qui avait saccagé ce bonheur-là ? Brun faisait défiler ses souvenirs mais aucun ne lui disait par quelle traîtrise la maladie s'était immiscée en lui aussi sûrement que les nitrates empoisonnaient les nappes d'eau profonde en aval de ses champs. Tout ce en quoi il avait cru s'effondrait soudain. L'éclat blond des blés, les grains de maïs bien lourds et rebondis, les colzas pimpants, les capitules charnus du tournesol, toute cette beauté n'était donc que le visage trompeur de la mort ? Pourtant il gardait en mémoire ces drames de son enfance quand les colonies de pucerons infestaient les plantes. Les larves et les chenilles qui perforaient les feuilles tendres des luzernes, les mouches mineuses des céréales, les coléoptères, les taupins des moissons et les petites limaces grises, jusqu'aux essaims d'étourneaux sansonnets avec leur gentil minois qui dévoraient les semis, toutes les créatures de la terre et du ciel qui conspiraient contre le paysan à la lutte pour sauver son maigre bien.

Elle était là, la mort annoncée. Ah bien sûr, il ne s'était jamais occupé d'installer une cabine à son tracteur quand il aspergeait de chimie la tête de ses épis. Mais qui l'avait mis en garde ? Le soir ça lui picotait les yeux et la gorge. Pendant des jours et des jours ses bras restaient jaune fluo, ça ne partait pas, rien à faire, il avait beau frotter, récurer, le mal lui entrait dans la peau, dans les os. Il n'y trouvait rien à redire. Il se rappela cette journée de canicule où il avait dû repousser d'urgence une attaque de pyrales. Parvenu à la cuve où attendait sa préparation, il avait tourné de l'œil et s'était retrouvé par terre, avec sa combinaison trouée et son pulvérisateur sur le dos. Il avait fini par se remettre debout en s'agrippant à un poteau de la grange. Il avait doucement recouvré ses esprits. Deux heures avaient passé avant qu'il se relève. Il avait posé son barda et c'est en chemisette qu'il avait épandu sa mixture, sans masque ni rien. Sa croyance aveugle dans le progrès l'avait exposé plus d'une fois au danger. Dans sa tournure d'esprit, il s'était dit qu'en se camouflant sous mille protections il éveillerait la suspicion des gens. S'il s'habillait en martien, c'était bien qu'il empoisonnait la terre, non ? Cette évidence l'avait convaincu. Il avait pris l'habitude de disséminer ses produits mortels vêtu comme à l'ordinaire.

Il ruminait ces pensées quand le téléphone retentit en bas. Le temps qu'il descende, la sonnerie s'était interrompue. Elle reprit pourtant, lancinante. Brun décrocha. C'était Caussimon.

— Tu es encore chez toi ? Mais ils t'attendent, à l'hôpital !

— J'irai pas.

— C'est ce qu'on va voir !

— Tu m'as dit que j'étais fichu, non ?

— Si tu continues je t'envoie une ambulance avec la sirène aux Soulaillans.

— Et puis quoi encore !

— Fais pas l'idiot, Brun. J'ai pris ma matinée. Rejoins-moi au cabinet, je te conduis là-bas et je te ramènerai. Dépêche-toi.

Mo ne se demanda pas où était passé son père une partie de la journée, il avait eu trop à faire aux champs à rentrer les chaumes avant la pluie qui menaçait. Brun ne fit aucun commentaire quand il revint à la ferme en milieu d'après-midi. Il avait entendu parler de plaquettes, de greffes, de traitement pénible et long, sans garantie de succès. Il fallait tenter. Son teint hâlé de l'été dissimulait encore ses traits émaciés. Mais pour combien de temps ? En se rhabillant après l'examen médical, il s'était aperçu qu'il avait gagné un trou à sa ceinture. Sur cette terre, bientôt, il ne pèserait plus rien.

7

— Vivante tu ne m'écoutais pas. Morte tu vas m'entendre.

Est-ce la fièvre ou l'effet des médicaments ? Cette nuit-là, emplissant le moindre recoin de sa chambre, Brun entend la voix de Suzanne. Il a ouvert les yeux dans le noir. Il ne voit rien d'autre que les aiguilles phosphorescentes du réveil. Mais la voix continue de percer l'obscurité. C'est une voix douce et bien timbrée, une voix sans reproche, sa voix d'institutrice qui n'aimait rien tant qu'expliquer la vie aux enfants, l'air, la grammaire, les fleuves, l'histoire. D'habitude, Brun sent la présence de Suzanne aux Grands Champs, sur les hauteurs de la propriété. C'est la plus grande parcelle des Soulaillans. Sept hectares d'un seul tenant, et au milieu l'ombre d'un très vieux tilleul – on le dit planté sous Louis XIV – qui parachute ses fleurs dorées les jours de grand vent. Là-haut ça souffle fort, surtout par les couloirs de l'est et les grandes failles calcaires qui apportent l'haleine glacée des montagnes.

Quand ils préparaient la terre, quand ils l'amendaient, quand ils semaient, quand ils moissonnaient, et ainsi de suite saison après saison, les Danthôme retrouvaient le tilleul comme un ancêtre bienveillant. Les machines le contournaient avec précaution. Il n'était pas question de lui marcher sur les pieds. Pas même de l'élaguer. Et de l'abattre, jamais. Ses branches se hissent encore vers le ciel tels des bras ouverts. Son feuillage ressemble à la chevelure du Roi-Soleil ou d'un génie musicien. Les Soulaillans abritent cette richesse insigne : un arbre tutélaire, glorieux, indéracinable. Un arbre pour garder au frais un litron ou se protéger du cagnard, de la pluie, des orages, de la mélancolie. Un arbre à qui parler. Pour se souvenir aussi.

C'est là que Brun revoit de la façon la plus troublante le beau visage de Suzanne, ces après-midi radieux où elle récoltait à grandes brassées les fleurs parfumées qui jonchaient le sol, un large chapeau de paille rubané de mauve protégeant sa tête. Chaque fois qu'il monte aux Grands Champs et qu'il approche de l'auguste tilleul, c'est sa femme qu'il retrouve, dans sa jeunesse, éclatante de santé, les yeux remplis de tendresse envers lui et leur fils qu'ils ont élevé dans la droiture. Et c'est au cœur de ce paradis végétal que Brun, sur les supplications de Suzanne, a jadis bâti en quelques planches bien ajustées – pas une pointe dans la chair de l'arbre ni un seul coup de scie dans ses branches – la cabane de Mo. Dès l'âge de six ans, quand le garçon disparaissait, on savait où le chercher. Le petit bonhomme déjà farouche se réfugiait là-haut, et la première mélodie qu'il a entendue est le souffle du vent dans les frondaisons embaumées du tilleul, qu'il prenait lui pour un animal fabuleux s'ébrouant dans la splendeur des Soulaillans, dragon, dinosaure, éléphant. C'était un monde, cette cabane, et à l'adolescence, Mo y a abrité ses rêveries, ses chagrins, ses heures de lecture volées aux travaux des champs, ses siestes voluptueuses.

Cette fois Suzanne est là, dans leur chambre.

— Morte tu vas m'entendre.

Elle raconte une histoire, leur histoire. Brun tend l'oreille car plusieurs fois il la surprend à prononcer son prénom. Ça ressemble à des présentations, à une déclaration d'amour, à une plaidoirie.

Elle parle de lui.

Elle lui parle.

Elle parle aussi à Dieu, pour qu'il sauve la vie de son homme ou qu'il l'emmène en Paradis.

— Comme j'ai aimé ces Grands Champs, commence la voix. (C'est bien Suzanne, sa manière de creuser le silence en frappant les syllabes.) Mo n'avait pas un an que je l'emmenais déjà là-haut dans son couffin. Je voulais que ses premiers regards soient sur cette vue majestueuse, près des chemins d'estive, là où scintillait la cascade dans ses reflets de bleu et d'argent. Je crois qu'il a su dire *meuh* avant maman, ça me faisait rire. Il n'avait d'yeux que pour nos montbéliardes avec leur robe pie rouge et leurs airs de princesses agacées par les mouches. Je lui donnais le sein au pied du tilleul, puis je lui chantais des chansons, celles qu'on entonnait en chœur les soirs de moisson avec les voisins des fermes alentour. Une semaine dans les champs des uns, la suivante dans les champs des autres, on travaillait dur sous le soleil, toujours à se dépêcher des fois qu'un coup de vent mettrait la récolte par terre.

À mesure que la voix de Suzanne poursuit le récit de leur vie, une foule d'images envahissent l'esprit de Brun. Elle avait onze ans et lui treize quand ils se sont connus. Brun était déjà gaillard, les muscles bien déliés par les travaux des champs. La fillette s'était demandé si c'était son prénom, Brun. Tout le monde l'appelait comme ça. Et quand on l'avait vu une fois, on n'imaginait pas l'appeler autrement. On ne pouvait pas l'oublier, ni ses yeux couleur absinthe sous ses sourcils déjà épais qui formaient une barrière sombre. Brun était né avec une tignasse noire et des poils foncés sur les bras – et même sur les omoplates, racontait sa mère. Il était si brun que les vieux avaient plaisanté à l'époque sur les invasions espagnoles et les descendants de Charles Quint en Franche-Comté. Les poils, un duvet plutôt, étaient tombés, mais pas ses cheveux aile de corbeau plantés bas sur le front, une brosse drue qui descendait jusqu'à sa nuque de lutteur tel un pelage. Brun. Il avait gardé ce prénom pour la vie, et lorsque plus tard dans les campagnes, les gens prononçaient son nom en entier, Brun Danthôme, ils n'avaient pas parlé pour rien.

Tous les projets audacieux du village, c'est lui qui les a imposés en bataillant ferme contre les préjugés des anciens. Il avait des épaules et du cran pour ignorer les regards mauvais. On ne pouvait pas planter de maïs sur nos terres froides ? Il a fait mentir les sceptiques en introduisant le grand roux du Béarn qui supportait les gels tardifs du printemps, quand le paysage se figeait sous un film de givre. Il fallait le voir, au cœur de l'été, passant fièrement en revue ses hampes de maïs aussi hautes que lui, maréchal devant son armée. Un réflexe hérité de son père l'incitait à placer entre les tiges vert et or des cultures dérobées de pois et de haricots. Ou à semer en mars des céréales de printemps qu'on appelait marsage. C'est lui encore qui a eu l'idée de creuser un lac de retenue des eaux de pluie pour son boit-sans-soif de nain jaune. Il a même créé une nouvelle coopérative pour offrir aux familles des produits sains. Et initié les gens du village à la marche du monde en aidant trois villages de la Haute-Volta, qui venait de se rebaptiser Burkina Faso. Quand on avait croisé sa route on se disait : c'est quelqu'un, Brun.

Longtemps il a présidé le Sillon céleste, une amicale paysanne catholique qui l'a envoyé dans les contrées les plus reculées. Non pas qu'il ait eu la foi. Il était plutôt mécréant, très terre à terre, pour ne pas dire pire. Avec Suzanne ils se sont assez chamaillés là-dessus. Mais voyager l'attirait. Il fallait qu'il mette des kilomètres sous ses souliers. De ses brefs périples – il ne restait guère plus de dix jours loin des Soulaillans, et ils lui semblaient longs –, il revenait indigné. « Suzanne, je te jure que partout, en Afrique, au Brésil, en Russie, partout, partout les paysans sont misérables, malmenés, massacrés. » Sa conviction en sortait chaque fois renforcée : il n'y avait pas plus heureux que paysans en France. S'il ne devait rester qu'un homme à la terre ce serait lui, enfin des types de sa trempe. Il n'était pas modeste. Il avait eu son certificat d'études, premier du canton, clamait-il fièrement. Après, il avait souffert pour apprendre son métier de paysan. Aux yeux de Léonce, il n'en faisait jamais assez. Ça lui avait trempé le caractère, à Brun.

— Je n'ai connu aucun homme qui te ressemble, poursuit la voix, infatigable et sereine.

Suzanne ne prétend pas qu'il était un saint. Il tenait l'alcool plus que la moyenne et les jours de chaud et soif, comme il disait, il éclusait facilement ses treize à quatorze fillettes pour se donner du cœur à l'ouvrage, du neuf degrés pas plus, sans compter la goutte dans le café du matin si le froid et la nuit noire entamaient son courage à braver les courants d'air. Pour certaines fêtes au village où ils se retrouvaient entre hommes, Brun attelait son âne de Jérusalem à la mémoire d'éléphant, c'était son expression. Quand il rentrait tard et rond comme une queue de pelle, il chargeait sa viande dans la charrette et c'est le petit âne qui le ramenait endormi aux Soulaillans. Question hygiène, il fallait que Suzanne soit vigilante. « J'ai trempé », se défendait-il quand il rapportait dans la chambre les remugles de l'étable ou du cochonnier. Tremper, pour lui, c'était plonger ses pieds dans une bassine en fer et se frotter au gant de crin sans savon ni rien. Et il pestait que Suzanne lui dise : « Tu as de la crasse sous les ongles. » La terre ce n'était pas sale. Ce ne serait jamais sale. L'année où il accepta enfin de faire aménager une salle de bains près de leur chambre, il se garda bien d'y entrer pour se laver à grande eau. Le premier hiver, il entreposa même les réserves de patates dans la baignoire pour qu'elles ne gèlent pas. Et une autre fois, il y versa du charbon !

À cette évocation, un sourire se dessine sur le visage de Brun.

Il avait un frère de douze ans plus vieux que lui, Isidore. Aussi doux qu'un agneau, aussi doux que lui était rugueux. Isidore était un géant qui frôlait les deux mètres mais il se tenait toujours un peu voûté, comme pour s'excuser de sa taille. Avec le temps la voussure s'est accentuée, au point qu'on l'aurait dit bossu. Isidore est parti conscrit en Algérie. Quatre ans dans les Aurès. La famille recevait une carte de temps en temps, mais pendant toutes ces années nul ne l'a plus revu. Au village on le croyait mort. Un beau jour il a réapparu, sans un mot. Il était parti insouciant, boute-en-train, colosse joyeux aux boucles de pâtre grec. À son retour il n'a plus rien dit et depuis nul n'a plus entendu sa voix, sauf les soirs où il a forcé sur la bouteille.

Dans le bourg on le traitait de fou. Il partait parfois le soir avec sa vieille bécane, revenait à la nuit complètement ivre et criant à tue-tête « embuscade dans les Aurès, ta-ta-ta-ta-ta-ta ! » ou gardant un silence plus inquiétant encore, le regard fixe et apeuré, mort au monde. Il a fini par ne plus sortir des Soulaillans. Le docteur Caussimon, père de l'actuel, l'a examiné longuement. Il a conclu que c'était les nerfs et qu'il n'y avait pas grand-chose à faire, sinon de le laisser au grand air comme avant l'Algérie. Il y dépenserait sa rage. Isidore se contentait de prendre ses repas avec Suzanne et Brun, et avec Mo quand le petit a eu l'âge de se tenir à table. À peine avalé son café brûlant il repartait aux champs, une force de la nature rendue à l'état sauvage.

La nuit, Isidore couchait sur une paillasse en hauteur, dans le galetas. « Isidore que d'un œil », plaisantait Brun, raillant ses insomnies qui le forçaient à marcher parfois tard dans la nuit. Ils entendaient son pas lourd martelant le sol. Isidore recherchait la solitude. Au printemps il migrait dans la grange. Il lui fallait sa belle hauteur de plafond au bord des champs, la rusticité des planches, le matelas à même le sol couvert de paille et de graines que les poules venaient parfois picorer en voletant du long de l'échelle de meunier. Isidore parlait avec ses yeux, et ça faisait toujours mal, son regard. Un regard perdu, coupant comme un tesson de bouteille, seulement adouci par la fumée de sa cigarette, une gitane papier maïs qui empestait, qui ne quittait pas le coin de sa bouche sauf au repas.

Le seul qui le mettait en joie, c'était Mo. Le géant le hissait sur ses épaules, petit garçon en culotte courte. Isidore l'entraînait pour de longues virées dans la campagne, on entendait longtemps les rires de l'enfant, puis plus rien. C'était l'âge où les petits posent mille questions. Lorsqu'ils allaient ensemble observer les abeilles ou les chamois qui descendaient parfois jusqu'à la ferme, ou à la nuit tombée chercher les chauves-souris sous les charpentes, Isidore parlait à Mo. À lui seul. Avec son air buté, Mo ressemblait à son oncle. Sa douceur était un leurre. Quand il fixait Suzanne ou Brun mâchoires serrées, une étincelle dans les yeux, on aurait cru voir Isidore à son retour d'Algérie. Mo, on le sentait capable du pire quand il ne disait rien.

Les parents de Suzanne exploitaient la ferme voisine. Ils étaient bien plus âgés que les Danthôme. Ils avaient eu leur fille par malchance, avait dit au curé le père de Suzanne le jour de sa naissance. L'histoire avait fait le tour des commères, si bien qu'enfant elle avait dû endurer ce sobriquet de Malchance. Elle en avait souffert jusqu'au jour où elle avait commencé à jouer avec Brun aux Soulaillans. Dans sa famille on avait un peu honte de sa condition, de son ignorance, de la mère de Suzanne qui se pomponnait quand le général de Gaulle parlait à la télévision, persuadée qu'il la voyait dans le gros fauteuil du salon. Elle n'aurait jamais pris place devant le poste sans deux auréoles de fard à joues sur les pommettes, augmentées d'un trait de rouge à lèvres pour faire bonne mesure, qu'elle se procurait deux fois l'an dans la camionnette de la coop venue s'aventurer klaxonnant jusqu'au seuil des maisons perdues.

Les parents de Suzanne approchaient déjà de la retraite quand les Danthôme, Léonce en tête, étaient dans la pleine force de l'âge. Qu'avaient-ils manigancé, sur les hauteurs des Grands Champs, une année où ils avaient fait la batteuse ensemble ? La petite s'était liée à Brun aussi sûrement que la ficelle à une meule de foin. Tout se tenait, ils se tenaient les uns aux autres, et parce qu'ils étaient si rudement attachés, ils tenaient le coup.

Suzanne est devenue la promise de Brun, lui son promis. C'était aussi simple que ça. Quand ils se sont retrouvés jeunes mariés à peine majeurs, les plus belles terres des parents de Suzanne sont venues grossir le domaine des Soulaillans. C'était sa dot, ces dix-sept hectares presque dix-huit. Les femmes du bourg ont arrêté de l'appeler Malchance, elles ne savaient rien de sa santé fragile.

Brun pense avec tristesse à sa maladie qui n'avait pas tardé. Mais ce soir, écoutant la voix intacte de Suzanne, il préfère se rappeler ces mois de juillet éclatants de lumière et de joie malgré l'épuisement. Les hommes disparaissaient dans une nuée de terre blonde, de paille et d'épis. Un mince filet d'eau fusait quand ils s'aspergeaient à la gargoulette, pressant leurs petites outres de peau, quand ce n'était pas un vin clairet coupé à l'eau car le vin pur, c'était pour le soir, à la fin de l'ouvrage. On voyait de loin leurs fronts briller de sueur, leurs bras cuivrés, leurs épaules musculeuses se détachant de leurs salopettes, leurs visages noirs de soleil. Et les facéties des bouvreuils «petit bœuf» piaillant dans le sillage des faucheuses, excités par le grand remuement de la terre. Quand la chaleur retombait, les femmes glanaient les blés. On lâchait aussi les poules qui picoraient les grains éparpillés. Ça faisait de bons œufs aux jaunes vifs comme des astres. À force ils avaient fini par construire des poulaillers de pierre aux Grands Champs. Les femmes préparaient les repas de batteuse. Elles montaient les transistors tout là-haut, ça faisait moderne. Question cuisine, elles faisaient pourtant comme leurs mères et leurs grands-mères. Les poulets de la ferme à la peau roussie et trempant dans leur jus parfumé d'estragon, le saucisson du cochon tué dans l'année, la couenne grillée, les petites cailles aux raisins, le pain de froment à la croûte épaisse et cuit au bois, les patates étouffées dans la braise, le beurre en baratte, le petit-lait, les haricots et les tomates du potager, les salades aussi, les pêches du verger qui explosaient de leur jus sucré sitôt qu'on croquait dedans, et dont on conservait le noyau longtemps dans la bouche en salivant, jusqu'à l'avoir vidé de la moindre parcelle de chair dans ses rainures finement sculptées. Et le vin de soif qui coulait jusque tard dans la nuit, quand on dansait sur le programme de valses de Radio Luxembourg.

Chez nous, songe Brun, on dit que le père peut partir quand le fils s'assoit au bout de la table. Mais avec la maladie, Suzanne est passée avant tout le monde. Mo avait juste vingt ans. C'était déjà un homme fait. Il était long comme une tige poussée en graine, aussi fin que son père était bref et carré. Suzanne a eu le temps de lui transmettre ce qu'elle aimait, ce qu'elle était, même si le temps fut trop court comme le sont toutes les vies quand on brûle de la passion de vivre. Suzanne est partie en paix, avec le sentiment du travail accompli. Son existence a surtout manqué de superflu. Elle n'a pas seulement appris à Mo qu'on dit un cheval, des chevaux. Ou qu'un cheval n'a pas de pattes mais des jambes. Elle lui a laissé le goût du bonheur qu'on trouve dans la contemplation des choses simples qui ne font pas de bruit.

Brun, lui, s'est échiné à produire toujours plus, à vendre plus, à s'agrandir, à s'équiper de matériel plus puissant, plus coûteux. Suzanne lui demandait parfois jusqu'où irait cette course insensée. « On est les soldats de la paix », disait-il le plus sérieusement du monde. Il y croyait. Lui qui bouffait du curé midi et soir, il se vivait en apôtre de l'agriculture. Fondre les chars pour en faire des charrues ! Comme il leur cassait les oreilles avec ce slogan qu'il avait pêché Dieu sait où… Le communisme avait inventé l'homme de fer, Brun voulait incarner l'homme de terre, avec des racines aux pieds et dans la tête des rêves de prospérité qu'il résumait d'une lapalissade : On ne rêve bien que le ventre plein.

Enfant, Mo aimait parcourir la campagne sur le dos de Perceval. Souvent on le retrouvait seul dans le tilleul, à plat ventre sur le plancher de sa cabane, le regard perdu dans le lointain ou un bouquin à la main. Il lisait les livres comme on lit les lignes de la main, à la recherche de la bonne aventure. Des histoires d'Indiens, d'explorateurs, de héros de l'espace. Il les dévorait en cachette de Brun car il avait un peu honte de perdre du temps avec ça. Suzanne a pu lui dire qu'au contraire lire était du temps gagné. Elle lui a aussi donné le goût des poètes, des vers qu'on picore et qu'on garde dans son cœur. Son prénom c'était Maurice, comme celui de son oncle maternel, le frère adoré de Suzanne que la tuberculose avait emporté à neuf ans. Maurice était d'emblée devenu Momo, puis n'était plus restée que cette syllabe unique, douce et tranchante en même temps, Mo. Comme une promesse de dialogue.

— Aujourd'hui, fait la voix de Suzanne, je sais qu'il n'oublie rien et ça m'inquiète. Je me demande s'il n'a pas trop de souvenirs pour vivre au présent. Tu m'entends Brun ? je te parle !

Brun s'est assoupi, bercé par la voix ressuscitée de sa femme. Il sursaute. Est-ce Suzanne qui l'interpelle ?

— Que dis-tu, ma chérie ?

— Notre fils, fais-en ton frère.

8

Il avait plu toute la nuit. Une petite pluie obstinée, pénétrant jusqu'aux os. Puis sur le matin, un violent coup de vent avait abattu les feuilles des marronniers au milieu de la cour détrempée. La terre se ressuyait. C'était le moment de monter aux champs. Profiter de l'éclaircie pour semer. Si la flotte revenait dans l'après-midi, ça serait bon pour les grains d'escourgeon, pensait Mo qui s'était préparé dès l'aube. Mais quand il entra dans la grange, il laissa échapper un juron. Le pneu arrière gauche était crevé. Un pneu énorme aux crans sculptés. Il envoya un coup de pied rageur dans le flanc de caoutchouc. Il avait bien une roue de rechange, mais il allait perdre une bonne heure à l'installer. Sauf si Brun l'aidait. Ça ne risquait pas, ruminait Mo. Faudrait qu'il se débrouille tout seul. La veille, ils s'étaient encore disputés, justement pour une histoire de semis : le fils jugeait bon d'attendre un peu, le père lui reprochait de trop tarder.

Le jour pointait à peine, un semblant de jour aux reflets grisâtres. La main de Mo s'arrêta sur une entaille creusée net dans la chape. Sur quoi avait-il roulé pour l'éventrer si profond ? Il avisa la plus grosse des clés anglaises au mur de l'atelier et tenta de dévisser le premier boulon. Il continua à jurer quand malgré son acharnement il ne parvint qu'à faire grincer le métal sans bouger le boulon d'un millimètre. Qui a serré ça comme une brute ? s'énerva Mo. Il le savait bien. Pareil tour de main, c'était signé. Justement, il le sentit derrière lui.

— J'ai pas entendu le tracteur démarrer, grommela Brun d'une voix de mauvais poil.

— Il est crevé, fit Mo. Je voulais semer, c'est foutu.

— Avec ce qui est tombé ?

— L'eau, c'est bon pour la levée.

Brun haussa les épaules.

— Pousse-toi d'là.

Il s'accroupit à hauteur du moyeu, jeta un rapide coup d'œil sur l'énorme vis maculée de terre, souffla dessus et réclama la clé. Mo la lui tendit en silence. Brun pesa de toutes ses forces en grimaçant. Ses mains blanchirent sous l'effort. Il y eut soudain un bruit sec. Le boulon avait cédé. Puis ce fut au tour du deuxième, puis du dernier. La silhouette de Brun s'était un peu affaissée mais il avait gardé une vigueur insoupçonnée. Il rendit la clé à Mo en souriant. Ça l'avait rassuré, de vaincre ces bouts de ferraille.

Mo alla chercher une cale et ensemble ils dégagèrent la roue monumentale qu'ils prirent soin de diriger doucement jusqu'au mur de la grange. Le pneu aplati rendait pénible et périlleuse la manœuvre. « Tout doux », marmonnait Brun. Le danger écarté, ils firent rouler la roue neuve et gonflée à bloc, veillant à ce qu'elle ne prenne pas trop de vitesse. Chacun savait ce qu'il avait à faire.

Concentrés sur leur tâche, les deux gaillards se limitaient aux consignes. Pas trop vite. Tourner la jante du bon côté. Gaffe aux pieds. Mo était remonté contre son père depuis leur dispute de la veille sur les semis. En d'autres temps il l'aurait rabroué. Il aurait même trouvé l'occasion de le bousculer un peu, comme il faisait quand il était contrarié, juste un coup d'épaule, histoire de montrer qu'il était le plus fort – ce qui restait à prouver après l'épisode des boulons. Mais il n'avait pas le cœur à ça, surtout quand Brun lâcha son côté du pneu et se plia en deux, les mains agrippées à ses cuisses, cherchant son souffle.

— Ça va aller ? demanda Mo qui par miracle tenait la roue en équilibre pour éviter qu'elle ne retombe sur son père.

Brun opina. Ça irait pour cette fois. Ses yeux criaient « aide-moi », mais il se garda bien de rien dire. Fichue fierté. Le fils approcha la roue des gorges en fer. Brun tenait à serrer les boulons. Ils échangèrent encore un regard. Fâchés ou non, ils savaient bien qu'ils étaient forcés de s'entendre. Être deux pour ne faire qu'un. Même quand ils ne se parlaient pas, ils avaient la complicité des gestes, comme rectifier un sillon à la main, ou glisser dans leur poche des graines versées en trop. Si les pavés de la cour avaient pu parler, ils auraient dit toutes les fois où Mo s'était penché pour ramasser un clou rouillé avant de le mettre précieusement dans une caisse en bois telle une pièce d'or. Comme Brun avant lui, et Léonce avant Brun, et un nombre incalculable de Danthôme avant eux, génération après génération, jusqu'à la nuit de leur enracinement dans cet arrière-pays où on ne venait que pour se perdre ou pour se pendre. On ne gaspillait rien ici, pas un clou, rien. Il y avait tout ça dans les regards de Brun et de son fils. Une longue lignée de labeur et de jours, de valeurs propres aux gens de peu consignées dans une pauvre pointe rouillée.

Le ciel s'était dégagé vers l'ouest. Mo mit le tracteur en route. Il ne comprit pas aussitôt ce qui venait d'arriver. Aucune phrase ne se forma dans sa tête. Plus tard, il se souviendrait que la crainte de perdre son père l'avait saisi à cet instant, devant Brun recroquevillé, souffle coupé, regard perdu.

9

La nuit suivante, Suzanne revint visiter Brun.

La voix de Suzanne.

— Fais-en ton frère, répétait-elle.

Brun se redressa sur son lit trempé de sueur. Il laissa la lumière éteinte et se mit à parler seul, persuadé qu'il ne l'était pas. Il s'abstint d'évoquer l'incident du matin, ses forces qui l'avaient lâché d'un coup, la sensation effrayante de partir.

— Tu le sais, ma pauvre Suzanne, Mo, tu l'as couvé comme une mère poule. C'était ton cadeau du ciel. Je te le reproche pas, tu as eu tant de mal à l'avoir. Tu lui passais tout. Il élevait des oiseaux dans sa chambre, il avait recueilli un écureuil blessé, une hermine affamée. Il récupérait quantité de bestioles pour les soigner. Il imaginait des choses à voix haute et tu lui répondais : oui mon chéri, ce sera comme ci ou comme ça. Je me souviens quand on lui a offert sa lunette d'astronomie. Il n'avait pas treize ans ! Les soirs de batteuse, dans les grands ciels d'août, pendant qu'on comptait les étoiles filantes avec les yeux plus trop en face des trous à cause de l'ivresse, il trouvait Saturne et son anneau. On se bousculait derrière sa lunette. Il nous observait de son air sérieux. Il intimidait un peu les adultes, et moi aussi, avec sa façon de nous fixer. Plus tard il s'est bien formé aux techniques nouvelles du métier. Il sait tout doser au gramme près, même s'il me fait enrager quand je le trouve trop lent. Sa passion c'est la nature. Il la connaît sur le bout des doigts. Il devine la trace d'un renard à son petit tas d'excréments, il peut même dire s'il vient de bâfrer des myrtilles sauvages ou de croquer une poulette de la basse-cour ! Je le vois trafiquer avec des appareils photo bizarres et des sortes de caméras qu'il trimbale à travers champs la nuit parfois. Il ne me montre rien. Parfois il me dit : "Regarde, papa, dans ce fourré, il y avait une hure de sangliers avec un gros mâle, une femelle et cinq petits." Ces sangliers je leur mettrais bien un coup de fusil avant qu'ils dévastent nos récoltes ! Je sais bien que ça lui pèse, ma façon de conduire les Soulaillans. Quand il voit une chose j'en vois une autre, et nos deux visions ne font pas une même raison de vivre.

Brun s'interrompit, la voix de Suzanne s'était évanouie. Il se rendormit. C'est dans son rêve qu'il la vit apparaître, consolante et souriante. Pourtant son sourire soudain se brisa lorsqu'elle lui murmura : « Tu avais des voisins, Brun, qui te voulaient du bien. Ils étaient tes amis. Mais souviens-toi. Il n'en reste plus un seul. Tes voisins, tu les as mangés. »

Le lendemain matin, Brun profita du café dans la cuisine pour tenter de parler à son fils. Il lui demanda un coup de main à sa manière, en avalant ses mots comme s'il avait voulu les garder pour lui.

10

L'homme portait un costume sombre bien coupé, une chemise blanche surmontée d'un col uni bleu ciel, une cravate jaune vif. Au procès, bien plus tard, Mo avoua qu'il l'aurait bien empaillé comme un épouvantail et planté dans le champ près de la route pour effrayer les automobilistes. Brun le salua de loin, debout sur le pas de sa porte, avec aux lèvres un sourire emprunté. Il avait passé lui aussi une chemise blanche de coton, le dernier bouton ouvert sur son cou de paysan couleur brique, avec la jugulaire saillante et quelques poils gris en bataille, oubliés par la lame du rasoir. Brun s'inquiétait de sa mine. Surtout ne pas avoir l'air souffrant.

— Asseyez-vous, fit-il d'une voix sourde. Mon fils nous rejoindra mais commençons.

L'homme embrassa la pièce d'un regard circulaire avant d'enfoncer ses yeux dans les yeux du paysan. Un petit sourire trahit sa satisfaction. Quelque chose lui disait qu'il entrait en territoire conquis. Il avait posé sur la toile cirée de la cuisine une fine serviette de cuir, mais pour l'instant il ne l'ouvrait pas. Il s'appelait Rudy Rilleux. Sa carte quitta ses doigts soignés pour ceux épais, teintés de terre indélébile, de Brun. Le paysan lut plusieurs fois le nom de son visiteur – songea que ce n'était pas un nom du coin – et sa fonction, directeur de projet, puis la posa bien en vue devant lui. Brun lui proposa un verre de fine. Rilleux déclina poliment.

— Un café si vous avez.

Le paysan s'affaira devant sa machine avant de revenir s'asseoir en face du directeur de projet.

— C'est bien ça, directeur ? demanda-t-il en relisant la carte de visite.

— Directeur de projet, oui.

Brun marqua un silence. Déjà il regrettait ce rendez-vous qu'il avait pourtant suscité. Une voix féminine l'avait appelé quelques mois plus tôt. Un organisme chargé d'études sur l'environnement en milieu rural. D'habitude il coupait court à ce genre d'appels sur son téléphone fixe. Il en avait assez de ces conseillers qui écorchaient souvent son nom et tentaient de lui vendre un abonnement à cent cinquante-six chaînes, lui qui ne regardait la télé que pour les nouvelles et les films devant lesquels une fois sur deux il s'endormait. Mais ce jour-là il s'était laissé tenter par cette voix sans visage qui l'avait presque convaincu que, à lui tout seul, il pourrait efficacement agir contre le réchauffement climatique (selon des modalités qu'elle serait bien sûr heureuse de lui expliquer). Il avait déchanté lorsque, le lendemain, un conseiller avait repris le dossier, expliquant que sa collègue ne se rendait jamais sur le terrain. Il avait renoncé non sans se reprocher sa naïveté. Le temps avait passé. Mais après son retour de l'hôpital, Brun avait rappelé. Il avait fixé la rencontre à dix heures du matin.

Mo observait le visiteur à travers le vasistas de la buanderie. Il surveillait à distance ses moindres gestes, les expressions de son visage, sans rien perdre de la conversation. Le directeur de projet se tenait de trois quarts face, mais un reflet du soleil dans la vitre l'empêchait de voir qu'il était épié.

Rilleux parlait net. Il avait des mots et des chiffres. Le couplet fut bref mais efficace. Le monde paysan incarnait depuis toujours l'audace et la modernité, la prise de risque, la persévérance, le sens du bien commun. Brun était lui-même la pointe avancée d'un progrès dont les citadins n'avaient pas idée. Il suffisait d'examiner le cockpit d'un tracteur moderne pour savoir que les paysans, pardon les agriculteurs, n'étaient pas nés de la dernière pluie. Ils n'avaient rien à envier, par exemple, à un pilote de ligne, et soit dit en passant, nos ventes de blé pesaient plus lourd que les Airbus dans notre balance commerciale.

Brun hochait la tête sans rien dire. Évidemment, poursuivit le visiteur, les priorités avaient changé avec le temps. Évidemment, reprit Brun.

— Produire est une chose, et une bien belle chose, cher monsieur, et vous avez excellé en la matière. Maintenant il est l'heure de protéger, fit Rilleux.

— Protéger ? tiqua le paysan.

— Protéger, monsieur Danthôme. Et c'est d'hommes comme vous, qui n'ont peur de rien, que la société du vingt et unième siècle a besoin.

Brun se redressa sur sa chaise. Une pensée puérile le

traversa : que sa maladie disparaîtrait s'il acceptait ce que lui demandait Rilleux d'un ton suave et non moins persuasif : implanter des éoliennes aux Soulaillans.

— Protéger le pays, les paysages, les familles, les enfants, les générations futures, c'est un service extraordinaire que vous rendrez à la collectivité, insista Rilleux. En produisant de l'énergie propre, une électricité pure et sans aucun déchet, vous préserverez la planète jour et nuit. Fini les accusations d'agriculteurs pollueurs. Les habitants d'ici vous en seront reconnaissants.

L'homme parlait avec conviction, mais tout dans son attitude suintait le mépris, à commencer par cette façon d'étaler ses jambes droit devant lui, le dos à demi renversé en arrière, tapotant frénétiquement des messages sur son téléphone portable.

— Si on parlait gros sous, s'impatienta Brun.

— J'y venais. Ma société n'a besoin que de quelques centaines de mètres carrés par pylône. Une broutille pour une exploitation comme la vôtre. Vous n'y verrez que du feu question rendements. Un peu d'engrais en plus par-ci par-là et le tour sera joué.

Brun eut un geste agacé. Nul n'allait lui apprendre comment cultiver sa terre, surtout pas ce Rudy Rilleux à col bleu ciel.

— Et les machines, alors ?

— Il ne s'agit pas de machines ! Les éoliennes, c'est comme une plantation d'un genre particulier. Imaginez que vous allez planter de grands arbres.

— Grands comment au juste ?

— Cent soixante mètres.

— Vous en avez déjà vu d'aussi hauts, des arbres ?

— C'était une image. Ou si vous préférez, vous aurez des moulins à vent futuristes. Les documents officiels parlent de fermes ou de troupeaux d'éoliennes. Vous voyez, on reste sur un terrain familier pour l'agriculteur que vous êtes.

Brun essayait de digérer tout ce qu'il venait d'entendre, mais ça ne passait pas aussi facilement qu'il l'aurait cru. L'autre jour, la voix sucrée au téléphone avait prononcé un chiffre. C'est ce chiffre qu'il attendait maintenant dans la bouche de Rilleux. Il voulait bien être un héros moderne, mais pareil sacrifice avait son prix. Et il vendrait chèrement sa peau. Dans la buanderie, Mo bouillait à mesure qu'il saisissait les desseins de son père. Des éoliennes ! Brun n'avait donc rien trouvé d'autre pour échapper au marasme ?

Rilleux sentit qu'il devait ferrer sa proie.

— Nous avons prévu une prime de pionnier, c'est ainsi qu'on appelle ceux qui ouvrent une nouvelle voie. Attendez-vous à faire des envieux. Les premières pages du journal, la télévision régionale, vous aurez tout !

— Tout, c'est combien ? demanda Brun.

— Une prime de dix mille euros à la signature, et six mille euros par an par éolienne, annonça Rilleux comme on frappe un coup de cymbales. Avec sept ou huit mâts depuis le sommet des Soulaillans jusqu'en bas, faites le calcul vous-même.

C'était bien ça. La voix au téléphone avait dit vrai. Cinquante mille euros qui tomberaient dans sa poche chaque année pendant au moins dix-neuf ans, puisque c'était la durée minimale du bail. L'électricité produite serait automatiquement achetée par l'État. L'effet anesthésiant de l'argent inonda la cervelle de Brun et lui ôta un instant toute lucidité.

— C'est pas des éoliennes, c'est des planches à billets ! s'écria-t-il.

— La juste récompense de l'audace, abonda Rilleux.

L'homme évita de pousser trop son avantage. À ce moment de la discussion, il le savait d'expérience, il fallait laisser agir le rêve. Des rêves, Brun en avait eu. Pour lui et pour son fils. Des rêves d'esclave affranchi. Pas de luxe, non. Se désendetter, changer le frigo, redonner un coup de peinture aux volets, et quelques bricoles de cet acabit. Jusqu'où allait la pensée de Brun à présent qu'il sentait sa fin ? Lui-même n'aurait pas su le dire. S'il avait tenté de définir ce frisson qui continuait de lui remuer les nerfs de la tête aux pieds, il aurait prononcé le mot de liberté. Un mot interdit quand on a consacré sa vie à la terre. Qu'on lui a tout donné et qu'elle a fini par ne plus rien rendre.

Rilleux tira un document de sa serviette en cuir.

— Voici votre propriété calculée au centimètre près par le cadastre.

Le promoteur déplia les grandes pages sur la table de la cuisine. Brun eut un petit accès de fierté. Tout ça, c'était à lui. Bien sûr cela n'avait pas la même valeur avec la baisse des prix et les charges toujours plus lourdes à cause des normes qu'imposait Bruxelles. Les Soulaillans occupaient une belle place sur la carte agricole. Il reconnut le tracé en parallélépipède des Grands Champs, au sommet de la croupe, là où serait implantée face au vent la première éolienne. Le dessin était si précis qu'il montrait à proximité l'emplacement du tilleul et de la vieille table d'orientation en lave de Clermont posée là du temps de Suzanne. L'idée le frôla qu'il n'y aurait peut-être plus la place pour ces vestiges le jour où l'éolienne sortirait de terre. Mais il écarta cette pensée. Les bonnes affaires se passaient de sentiments. Il se demanda juste à quoi ressemblerait le cadastre des Soulaillans, une fois les mâts et les rotors installés, avec leur acier blanc et leurs pales géantes. Il songea que ces mauvaises herbes là seraient plus difficiles à arracher que du chiendent. Mais qui parlait de les arracher ?

— Vous savez l'essentiel, monsieur Danthôme, conclut Rilleux. Je vous laisse les papiers avec tous les détails. La durée des travaux, la préparation du terrain et des pistes d'accès, la dévégétalisation des surfaces à bâtir, les câblages et les raccordements électriques, le calendrier précis des opérations avec le compte à rebours de dix semaines environ par éolienne. Les conditions financières sont exposées dans le projet de contrat. Prenez votre temps pour lire tout ça. On a même fait des simulations visuelles sur votre exploitation. Regardez, avec la densité de verdure et d'arbres, c'est à peine si on apercevra les mâts de loin. Et ne soyez pas alarmé par ceux qui dénoncent le bruit des pales quand elles passent devant le pylône. On parle d'infrasons, vous entendez, monsieur Danthôme, des sons infimes ! Ceux qui prétendent qu'une éolienne envoie un éclat de lumière gênant sont aussi de mauvaise foi. La nuit reste la nuit, le clignotement est quasi indétectable sauf pour les avions. Vous ne voudriez pas qu'un appareil s'écrase dans vos récoltes avec ses passagers ! N'oubliez pas que vous restez propriétaire de tout l'espace, nous ne sommes que vos locataires. Bien sûr, quand vous aurez signé la promesse de bail, en cas de rétractation, les frais de démontage d'une éolienne seraient pour votre poche, et ça chiffrerait vite en centaines de milliers d'euros. Nous sommes dans l'industrie high-tech, vous comprenez. Mais je ne dis pas ça pour vous inquiéter.

Brun resta silencieux, comme frappé par un coup de massue. Rilleux allait se lever quand il lui demanda de redéplier le plan des Soulaillans.

— Vos engins, vous les verriez où, en gros ?

Le promoteur scruta le document. Après un bref instant où sa main resta en suspens, il traça une succession de croix de haut en bas. L'intuition du paysan fut aussitôt confirmée. La plus élevée des éoliennes serait positionnée non loin du tilleul ancestral, et une autre sur le bâtiment de l'ancienne tuilerie, là où enfant son fils plantait ses doigts dans l'argile fraîche, là aussi où Léonce s'était joué des Allemands, autrefois. Plus bas, une autre croix tombait pile sur la cabane de pierre qui servait jadis de poulailler de plein champ. C'était clair. Le secteur visé touchait les Borderies, les terres difficiles que Brun avait concédées à Mo pour qu'il s'essaie au bio, là où le jeune homme abritait aussi une parcelle de cannabis. Le paysan tendit la feuille de cadastre sans un mot.

— Vous voilà rassuré ?

— Si on peut dire.

— Vous avez ma parole que tout se passera sans accroc.

— Oh, votre parole…

Le promoteur, qui croyait l'affaire en poche, se cabra.

— Qu'insinuez-vous ?

— La parole vaut ce que vaut le bonhomme, répliqua Brun. Si le bonhomme vaut rien, elle ne vaut guère plus.

Rilleux encaissa. Le paysan le raccompagna vers la sortie. À peine le visiteur avait-il posé le pied dans la cour que les chiens se ruèrent sur lui en aboyant. Qui leur a ouvert, nom de nom ? pesta Brun. Il savait bien qui. L'homme s'efforça de garder son sourire malgré les coups de pattes sur son beau pantalon et le bas de sa veste. Cette fois, il ressemblait vraiment à un épouvantail.

11

Cette nuit-là ce n'était plus la même voix. Fini la douceur, la tendresse, les accents de compassion. La voix de Suzanne était en crue. Comment avait-il pensé livrer les Soulaillans aux éoliennes ? Il fallait qu'il soit bien malade, et pas seulement dans ses veines. C'était sa tête qu'il fallait soigner. Brun fit mine un long moment de n'avoir rien entendu. Puis il se défendit avec humeur.

— Souviens-toi, Suzanne. Nous avons été bien manipulés. D'abord il a fallu produire. Des tonnes de tout, des quintaux, des hectos. On aurait semé jusque sur le goudron si on les avait écoutés. On aurait coupé les arbres, on aurait même planté dans le creux des fossés. La force de frappe céréalière, c'était notre bombe atomique, l'arme alimentaire, que sais-je encore. *Little Boy* ! Mo n'a pas connu cet âge d'or, l'explosion des rendements qui nous remplissait d'orgueil. On achetait des machines toujours plus grosses. On arrachait les haies pour planter plus de blé encore, puisque le blé valait le prix de l'or. Je m'entends encore proclamer fièrement : "Je produis, donc je suis !" Les prix grimpaient jusqu'au ciel. On était les rois du monde, pas vrai ? Ma douce, on n'avait pas les rendements des gars de la Beauce ou de la Marne, ni des terres noires de Limagne, mais à force on s'en tirait pas si mal. On construisait des silos plus hauts que des cathédrales, des laiteries avec des robots pour dégorger les pis enflés des laitières. On s'endettait sans compter. Les traites passaient à la banque comme dans du beurre, l'argent coulait à flots depuis Bruxelles. Puis un autre jour, les conseilleurs ont dit stop. Arrêtez de produire ! Rendez les champs à la nature que vous avez massacrée avec vos engins et vos engrais de malheur. Ayez la main verte. Et mettez vos terres au repos. Ça leur plaisait, cette image. Une grande banquise brune. Il fallait se tenir debout sur les freins, qu'on devait ronger, on a voulu nous tuer en plein élan. On a gelé nos terres. Et plus on les gelait, plus on touchait. Ils nous ont payés à ne rien faire, à ne rien produire, à mourir sur pied. Voilà ce qui est sorti de leurs cervelles malades. Produire était devenu un gros mot. On voyait aux informations les paysans sans terres du Brésil et du Sahel. Et chez nous en ouvrant les volets on contemplait nos terres sans paysans. Il faudrait que je dise ça à Mo. Il doit croire qu'avec les éoliennes on va vivre dans la laideur. Il a tort. On va juste mourir en beauté.

La voix de Suzanne s'était évanouie. Brun se rendormit sans savoir si ce silence était pour ou contre lui.

12

Brun a laissé traîner le dossier des éoliennes sur un coin du buffet. Il est posé bien en évidence, pour que Mo finisse par s'y plonger. Mais depuis la venue de Rilleux, personne ne l'a ouvert. Pas plus le père que le fils. Les feuilles du destin sont là, en jachère. Les deux hommes y voient tantôt le signe de la Providence, tantôt une lettre piégée qui leur sautera à la figure. Le fils est bien décidé à ne rien dire tant que son père se tait. Le père, lui, cherche en vain l'occasion d'aborder le sujet. La tension est telle dans la maison que même les chiens se tiennent aux aguets.

L'occasion est arrivée ce matin-là avec le facteur qui entamait sa tournée. « C'était lourd le courrier pour vous, alors je me décharge en premier », a fait le préposé en uniforme qui répond au prénom de Marcel. Ils l'ont toujours connu ici, au début à pied, avec ses gros croquenots et sa lourde sacoche d'avant-guerre, puis à bicyclette. À présent on l'entend venir de loin avec le moteur de sa mobylette qui couine dans la montée vers les Soulaillans. Il a déposé un paquet au nom du père, un jeu de clés en acier que Brun a commandé par correspondance, et dont la vue a déclenché un sourire sur son visage fermé, le premier depuis un bail.

— Vous avez vu le journal ?

— Pourquoi ? demande Brun.

— Le nucléaire, ils vont tout arrêter après la catastrophe du Japon.

Mo soulève les épaules.

— Bah, vous verrez que dans trois mois on sera repartis de plus belle, coupe Mo. On va tout de même pas revenir au charbon !

— Au charbon non, reprend Brun au vol, mais pourquoi pas les énergies vertes ?

— Vous y croyez, à ça ? fait le facteur en sirotant son canon par petites gorgées.

— Mon père oui, lâche froidement Mo.

— C'est vrai ?

— Ce que j'en dis, il faut peser le pour et le contre, répond le père.

— Toi, tu pèses surtout le pour.

Marcel est assez fine mouche pour sentir qu'il doit décamper. Ils le regardent partir en silence. Aucun ne bronche tant que sa silhouette reste visible sur le chemin.

— Bon, faut qu'on parle, mais d'abord tu m'écoutes, dit Brun.

Mo hoche la tête. Le ton est vif. Quand son père parle sec, c'est qu'il a un coup dans le nez ou qu'il se sent dans son tort. La visite du facteur lui a permis de vider la moitié d'une bouteille. Marcel n'a fait qu'y tremper ses lèvres.

— Je t'écoute, dit Mo.

— Et ne va pas prendre tes grands airs, menace déjà

Brun. Je vois bien ton petit jeu, d'écouter aux portes et de pas moufter mais d'en penser pas moins.

— J'avais pas envie de voir ce Rilleux. Tu m'as l'air d'avoir été bien possédé.

— Laisse-moi dire ! s'agace Brun.

Il a pris une lente inspiration. La pendule venait de sonner la demie de dix heures. Quand il s'est arrêté, une heure avait passé au cadran vitré. Et le fils ne savait plus s'il devait garder sa colère ou épouser les vues de son père. Les liaisons de Brun sont hasardeuses et souvent il répète : « Je parle comme je parle. » Mais au fond ses mots reflètent bien ses idées.

— Ces éoliennes, tu les as en travers. Tu ne comprends pas que c'est la chance des Soulaillans ?

— Un danger mortel, oui !

— Puisque tu écoutais, tu as bien en tête les chiffres, plus de cinquante mille euros par an, c'est pas sale !

— Ce n'est pas très propre non plus. Il n'a rien dit sur la perte de valeur de la propriété quand on aura coulé du béton à tout bout de champ pour faire tenir les pylônes debout.

— Au contraire, les parcelles bétonnées deviendront constructibles, tu m'entends, constructibles. Ça veut dire qu'un jour, pas moi parce que j'aurai crevé, mais toi et tes gosses, vous aurez là de quoi bâtir en dur, des maisons, des petits lotissements, que sais-je encore !

— On pourrait bâtir sans ça, riposte le fils qui n'a pas relevé l'allusion de Brun à sa propre mort ou aux enfants que Mo n'a pas.

— Ah oui, et comment je te prie ?

— Un élevage d'escargots. Tu obtiens le permis de construire illico car faut les surveiller, ces bestioles.

— Je te parle de l'avenir des Soulaillans et tu me provoques avec des escargots ! Dis-toi bien que si on s'en sort, ce sera pas avec des escargots ou des abeilles ou des fantaisies champêtres à la noix du genre lupin ou trèfle à quatre feuilles. Et si tu veux ouvrir un jour des chambres d'hôte, les éoliennes auront préparé le terrain.

— Oui, dans vingt ans, quand plus personne ne voudra plus venir en vacances ici parce qu'on aura saccagé nos paysages !

— Parce que tu les trouves beaux, les châteaux d'eau ? Et les pylônes à haute tension ? Les éoliennes, ça a une autre allure. Il y a de l'esthétique là-dedans. On croirait de grands oiseaux blancs. Et c'est à peine si on les verra. Regarde toi-même les simulations.

— Ce sont des trompe-l'œil, qu'est-ce que tu t'imagines ? Quand tu plantes une éolienne tu ne vois que ça, c'est bien le problème. Et pour la comparaison avec les oiseaux tu repasseras. Ces engins empêchent les migrateurs d'approcher, quand ils ne les tuent pas, riposte Mo.

— J'te comprends pas. Les comptes tu les connais comme moi. On est au bout du rouleau. On achètera bientôt le porc en supermarché moins cher que du papier toilette. Tes amis écolos ont voulu faire de nous des paysagistes pour garder la campagne propre et silencieuse – pas de bruit de tracteur surtout ! – quand les citadins arrivent dans leurs quatre-quatre avec vitres teintées, soi-disant pour se mettre au vert et montrer à leurs enfants que le lait de vache ne pousse pas dans les packs en carton mais qu'il sort des mamelles de nos bêtes. Pas de fortes odeurs, de purin, de lisier, pour ces gens au nez délicat. Même nos tracteurs sur les routes ils ne les supportent plus, ça fait des bouchons. On disparaîtrait que ça serait bon débarras.

— Tu pousses un peu, non ? Et ce n'est pas une raison pour construire des éoliennes !

— Tu fais vraiment exprès de ne pas comprendre, s'agace Brun. Si tu veux trouver de l'avenir sur cette terre qui nous ruine, c'est parce qu'on y aura planté ces fichues éoliennes !

Ils sont restés un instant sur ces mots. Une fois de plus le père a regretté de s'être emporté. Le fils a toujours besoin de temps pour disséquer les phrases. Tout ça fait son chemin dans sa tête, la modernité, la crise agricole, les gens des villes en goguette, les terrains à bâtir, la terre saccagée au nom du progrès.

Brun lance une ultime salve.

— Toi qui fabriques ton miel dans les ruches des collines, qui ne jure que par la coccinelle et les engrais bio, explique-moi pourquoi tu serais contre une énergie propre qui remplacera peut-être un jour le nucléaire ? C'est simple : les éoliennes n'émettent aucune substance toxique, pas de saloperie dans les rivières, nada !

— Tu as bien ingurgité leur propagande. Fais-moi voir le dossier de ton gars.

Brun le lui tend avec empressement, pas mécontent qu'il morde. Mo parcourt les pages en diagonale, il cherche les passages où il pourrait coincer son père. Il a entendu dans la bouche de Rilleux le mot « dévégétalisation ». Son œil ne le trouve pas. Mais il bute sur un autre paragraphe qui apporte, en quelque sorte, de l'eau à son moulin.

— Ils parlent de tracer des chemins dans les terres pour faire passer les camions de gravats, tu as vu ?

— Et alors ? Ils vont pas amener les pylônes par hélicoptère !

— Tu sais comme moi qu'un chemin dans leur esprit, c'est déjà une route. C'est ce que font les armées avant de déclarer la guerre. Elles ouvrent des routes, soi-disant pour apporter de l'aide, et trois jours plus tard tu as les chars.

— Tu dis n'importe quoi. De quelle guerre parles-tu aux Soulaillans ?

— Tu m'as très bien compris. Quand notre exploitation sera traversée de routes qui mènent aux éoliennes, on sera une usine, une industrie, un sous-traitant d'EDF, un parc d'attractions, tout ce que tu veux, mais sûrement plus des agriculteurs.

Brun a gardé d'ultimes arguments en réserve malgré la faiblesse lancinante qui gagne ses membres et le fait souffrir même assis. Des crampes sournoises dans les jambes, dans les muscles des cuisses, des fourmillements à chaque main.

— Tu me fais penser à ces gens bien tranquilles et pleins de bon sens qui ont refusé l'arrivée du train à vapeur, persuadés que la vitesse abîmait le cerveau. Vis avec ton temps. Si on ne le fait pas, d'autres le feront. Et quand on se décidera, les conditions ne seront plus si avantageuses. Ce sera banal, les champs d'éoliennes. Aux Soulaillans j'ai toujours voulu être en avance. Ce train-là, si on le laisse passer, on vendra nos terres à la bougie dans six mois, à moins qu'on soit expropriés par des créanciers qui prétendront nous faire une fleur en nous rachetant pour une bouchée de pain. Note enfin que pour attirer une femme ici, pour fonder une famille, investir dans les éoliennes sera plus porteur que de rester sur nos vieilles barbes de cultures et d'élevage. Pour continuer, on doit changer, enfonce-toi bien ça dans ta tête de mule, changer.

Brun a touché le point sensible. Mo a tout pour plaire, sauf son métier qui rebute les femmes. Au moins le peu qu'il a connues. Qui sont passées ici et sont reparties. Aucune ne s'est vue s'enterrer aux Soulaillans, entre le père et le fils occupés à courir de l'aube au coucher du soleil. Une existence loin de tout, sans dimanches ni vacances, et de la paperasse par-dessus la tête à remplir pour une administration stupide. Le fils, lui, voit les choses autrement. Depuis longtemps il a envie de faire venir la vie aux Soulaillans. D'attirer des gosses de la ville, des familles en manque de verdure, des touristes épris de nature. Dans ses rêves ne pousse aucune éolienne.

13

La voix est revenue ce soir encore, à l'heure du coucher. La voix de Suzanne.

— Souviens-toi, Brun. Mes histoires de bonne femme, comme tu disais, te fatiguaient. Tu haussais les épaules. Alors je n'ai plus parlé. Je suis heureuse que tu m'écoutes à présent. J'ai l'impression que tu n'es plus le même homme. Combien de fois, après l'épandage, t'es-tu plaint de douleurs dans les cuisses et les épaules, de nausées, de ta nuque raide. As-tu oublié ? Ce jour où tu craignais tant pour nos orges que tu as pulvérisé ton produit à toute vitesse, juché sur le tracteur. Le vent s'est levé tout d'un coup vers le milieu de l'après-midi. Mais tu n'as pas arrêté. Tu voulais finir coûte que coûte ce que tu avais commencé. Dans ma classe on avait laissé les fenêtres ouvertes. Le soir, plusieurs gamins se sont retrouvés à l'hôpital. Ils vomissaient. On a incriminé le poisson à la cantine, c'était un vendredi. Mais toi aussi tu as fait une crise carabinée, et tu n'avais pas mangé à la cantine que je sache.

» Brun, puisque tu m'écoutes, je voudrais te parler de l'enfant, des enfants que nous n'avons pas eus. Tu m'as souvent reproché de trop couver Mo. Mais pour moi notre fils est le seul rescapé d'une hécatombe dont tu as fait si peu de cas que j'ai fini par passer mes débuts de grossesse sous silence. Je vais te rafraîchir la mémoire sur ces événements que vous les hommes avez tendance à négliger. Avant la naissance de Mo, j'ai fait deux fausses couches. Et après sa naissance, quand je voulais lui donner un petit frère ou une petite sœur, j'ai accouché d'un prématuré si faible qu'il n'a pas vécu et tant mieux. Oui, tant mieux. Il souffrait de malformations irrémédiables. Les médecins ont été très vagues sur les causes de ces accidents. On était moins avancés que maintenant pour détecter d'où ça venait. Je me demande même si on voulait vraiment savoir. Toi tu haussais les épaules. On en referait d'autres, tu disais, presque en plaisantant. Plus tard, j'ai entendu parler de femmes qui avaient traversé les mêmes épreuves. Des femmes d'agriculteurs comme moi. Le diagnostic était devenu plus précis. On accusait les herbicides. Certains d'entre eux ont été interdits depuis. Quand j'étais enceinte, tu les épandais tous aux Soulaillans, tous sans exception. Un jour je suis allée à la grange et j'ai vérifié sur les étiquettes. Pas un ne manquait. Je ne veux pas t'accabler. C'était ainsi. Tu t'es empoisonné tout seul, et nous avec.

»Je garde l'image de toi, de ton visage rayonnant, soulagé, un matin que tu avais pulvérisé tes produits au-dessus des Grands Champs. Tu venais de faire l'acquisition d'un petit ULM. Tu n'en revenais pas de l'efficacité de la vaporisation sur les grandes feuilles vertes des maïs. Ça faisait "ploc, ploc, ploc". Mais le soir je t'ai entendu parler à Prosper, le chef de culture que tu venais d'engager. Tu lui as dit ces mots qui résonnent encore : "Prosper, j'avais l'impression d'être au Vietnam et de larguer du napalm." Une guerre chimique aux Soulaillans. Tu ne te rendais pas compte de ce que tu disais. Ce qui m'inquiète à présent, c'est que tu ne te souviens de rien, ni de tes douleurs, ni de tes sensations atroces de brûlure au visage, ni des enfants que nous avons perdus. On dit que c'est un effet de ces produits, les pertes de mémoire. Je ne voudrais pas que nous perdions le seul de nos enfants qui a survécu. Tu dois prévenir Mo de ton état, Brun. Promets-moi de lui parler. Il est peut-être en danger. Imagine qu'il se marie bientôt, qu'il veuille avoir des enfants. Si tu n'as plus envie de vivre, lui si.

À ces derniers mots, Brun a tressailli. Cette voix n'en finit pas de le harceler. Est-ce bien celle de Suzanne ? Il l'a entendue sans y prêter trop attention. Le réveil indique bientôt quatre heures du matin. Brun passe un tricot de peau, enfile son pantalon, descend doucement l'escalier qui mène à la salle à manger. Mo ne risque pas de l'entendre. Il dort dans l'aile opposée, d'un sommeil profond. Ce n'est pas comme Brun qui se réveille d'un rien depuis l'annonce de sa maladie, depuis aussi que la voix de Suzanne lui met la tête à l'envers.

Il se prépare un café avant de s'installer dans le fauteuil face à l'armoire vitrée avec l'encyclopédie. Il n'a allumé qu'une petite lampe mais il voit distinctement la broderie encadrée au mur par Suzanne, *L'Angélus* de Millet. Brun observe dans le détail l'homme et la femme, lui son chapeau à la main, sa fourche plantée en terre, elle priant la tête inclinée, tous deux fixant un panier presque vide. Les premières lueurs du jour enveloppent le tableau d'une douceur bouleversante et tragique. Puis les yeux de Brun reviennent vers le panier posé à même le sol entre le paysan et sa femme. La voix de Suzanne s'immisce de nouveau.

— Brun, je suis si heureuse que tu aies fini par aimer *L'Angélus*, et par le comprendre. Car tu as compris, pas vrai ? Ce panier n'est pas un panier, mais la tombe d'un enfant mort.

Là, dans le silence de l'aube naissante, dans ces instants où tout semble possible y compris la vie, Brun croit entendre les trois coups de l'angélus. Sans résistance, il se met à murmurer la prière de l'ange qu'il a tant de fois lue sur les lèvres de Suzanne.

14

Brun et Mo ne se sont pas reparlé depuis leur altercation de la veille. Mais ce matin en mettant le nez dehors, ils se sont compris en regardant le ciel un peu trop clément pour la saison. Ils ont mis leurs griefs de côté et ont avancé d'un pas égal vers les abords de la rivière qui chantait, insouciante des gelées possibles, aussi traîtres que la grêle ou le mildiou. Un bref épisode de froid suffirait pour tout remettre en cause. Ce ne serait pas la première fois que le thermomètre descendrait sous zéro en automne. Face au danger ils seront toujours unis.

La matinée s'est écoulée comme ça. Voilà ce qu'on voyait dans le soleil glacé. Deux silhouettes courbées au milieu d'une terre ondulant comme la mer, occupées à la même tâche. Corps qui vont et qui vaguent, bras armés de bêches musclées de fer partout où le tracteur n'entre pas. Deux hommes unis par leurs gestes. Rouler des brouettes de compost et de feuilles. Sarcler, biner, décompacter les mottes, briser l'écaillement de la surface argileuse avant que le gel ne fige tout. Épandre le fumier. Pailler les premières pousses. Leurs ombres plus grandes que leurs carcasses pliées. On n'aurait su dire laquelle était celle du fils, laquelle celle du père, n'était cette faiblesse soudaine, chez Brun, qui l'obligeait à ralentir et à chercher l'air la bouche grande ouverte, mains aux côtes, tandis que Mo feignait de ne rien voir.

En fin de matinée le duo s'est séparé. Mo a filé au village acheter une bouteille de gaz. Brun a pris tout son temps pour gagner l'étable où une vache s'apprêtait à mettre bas. Quand Mo est rentré, c'était déjà le soir. Il a aperçu de la lumière chez les bêtes. De son pas vif il a pénétré dans le bâtiment, respiré l'odeur chaude et entêtante qui emplit drôlement ses narines depuis l'enfance, mélange de paille humide, de pisse tiède, de chaleur animale. Son père au cul de l'animal. Depuis plusieurs jours, la vache a passé les trente-neuf de fièvre, mais la veille elle est subitement redescendue à trente-sept cinq. Le moment approche.

— Tu vas l'avoir ton petit, ma belle, murmure Brun à l'oreille de la Roussette pendant qu'elle se retourne nerveusement en fixant ses flancs les yeux écarquillés.

Brun parle mieux à ses vaches qu'à son fils. Mo en a pris son parti depuis longtemps, c'est ainsi et on ne le changera pas.

— Tu as déjà mis la lumière ?

— Oui, et faudra la laisser quand on ira se reposer, fait Brun sans se retourner. Elle supportera mieux que si on éteint et on rallume tout le temps.

Le vieil homme examine la vulve enflée de la vache. Il se garde bien de la fouiller, encore moins de tirer.

— On va prendre notre temps. On a toute la nuit, non ?

— Oui, acquiesce Mo en se laissant choir sur un tabouret de traite.

Son père a mis la radio. Une soirée de championnat en Ligue 1.

— Elles aiment ça, la radio, quand elles mettent bas, dit-il en lançant un clin d'œil à son fils.

— Le foot, ça les intéresse ?

— Va savoir.

C'était presque dix heures du soir. Mo est allé chercher deux bols de soupe chaude. À la cuisine il a croisé Isidore, qui l'a accueilli d'un grognement. Le grand échalas trempait son pain dans le bouillon. L'entame de la miche, il l'avait jetée aux chiens qui léchaient le sol avidement. Quand Mo est revenu dans l'étable, le travail avait avancé. La vache grattait le sol avec sa patte droite et ne cessait de renifler son flanc.

— Tout doux, répète Brun, qui tient dans chaque main deux cordons de vêlage. Avec ça je vais pas le blesser, ton petit. Je vais tirer doucement et il va venir.

Il a fallu attendre encore une bonne demi-heure avant que le miracle ne se produise. Deux minuscules sabots sont sortis de dix centimètres, donnant à la bête un curieux appendice comme un bout de bois tout raide sous sa queue. Brun fait le tour des pattes qui se profilent entre son pouce et son index.

— Il sera pas trop gros celui-là, lance-t-il entre ses dents.

Il a reculé d'un pas. La radio explose d'un but marqué il ne sait où, il s'en fiche pas mal en ce moment, il sait juste que ça rassure sa vache, d'entendre des voix dans le poste.

— Regarde comme c'est beau.

La voix de Brun s'adoucit étrangement. C'est la même émotion depuis son premier vêlage dans les années soixante. Et les rares fois où le veau a été perdu, il a pleuré en silence en regardant le ciel, comme si le bon Dieu de Suzanne y était pour quelque chose. Mais quand tout va bien comme ce soir, Brun reprend comme il dit « du poil de la bête ». Lui qui le matin a souffert sans se plaindre dans les champs se trouve maintenant chaviré devant ce spectacle où la vie l'emporte sur tout le reste. Mo est le témoin ébahi de cette métamorphose. La première poche d'eau a percé, la deuxième a suivi peu de temps après. Il ne faut surtout pas déchirer la Roussette pendant que les pattes de son petit pointent davantage.

— On va pas tarder à voir le museau, prévient Brun avec un visage d'enfant. Faudrait pas qu'il soit accroché aux grassets.

— Aux grassets ?

— Aux genoux, précise Brun, pas mécontent d'en apprendre à son fils. S'ils ont les genoux collés ça bloque au niveau du bassin et le veau est coincé. Mais c'est quand il est gros. Là, ça devrait passer comme une lettre à la poste, ajoute le paysan radieux.

Il a parlé à voix basse comme s'il ne voulait pas déranger la Roussette et son petit qui vient.

— Tire avec moi, demande Brun en se redressant du tabouret où il a pris place à son tour.

Chacun noue son cordon à une patte et se met à tirer doucement.

— Laisse-le repartir un peu dans le ventre de sa mère entre deux tractions, ça agrandit le passage.

C'est une de ses fiertés, à Brun. De toutes ses vaches, aucune n'a jamais été déchirée. Les petits sont venus sans heurts. Il les a exhortés à se dresser sur leurs pattes, aveuglés par la lumière comme à Cannes les vedettes de cinéma. Ça lui fait cette impression : les vedettes, ce sont ses vaches qui prolongent le cycle de la vie aux Soulaillans.

Le nouveau venu sur la terre a lapé sa buvée de colostrum puis une bonne moulée de farine. Mais d'abord, Brun a gâté sa mère. Il lui a prodigué caresses et félicitations, a vérifié qu'aucune hémorragie ne menaçait, tout en l'abreuvant d'eau tiède. Au moment d'éteindre, la vache et son veau se partagent une ration de bon foin. Les deux hommes se dirigent d'un pas lent vers la maison. C'est sous la lune les mêmes ombres qu'au matin sous le soleil, adoucies par l'obscurité. Il est bientôt une heure du matin. En guise de réconciliation, ils échangent un « bonne nuit ».

15

Le vrai taiseux des Soulaillans, c'est Isidore. Ça ne date pas d'hier, son silence. Suzanne est une morte bavarde. Isidore, un vivant mutique. Le frère aîné de Brun était gamin la première fois qu'il a eu affaire à l'électricité. C'était pas loin après la guerre. À quatre-vingts ans passés il s'en souvient encore. Il était resté des heures à guetter les grives avec son lance-pierre, perché sur la haute branche d'un chêne. Habile et patient, il avait déjà glissé trois oiseaux sous les rabats d'une veste trop grande pour lui qu'il avait chipée à son père et qui protégeait ses jambes des orties. Isidore sentait le duvet tiède des grives contre ses flancs. Il espérait en tuer encore une ou deux dans le couchant. Mais lorsque le soleil s'était brusquement mis à diminuer, il avait réalisé son imprudence. Sa mère devait s'inquiéter, et son père fulminer, qui ne souffrait aucun retard pour le souper. Il le voyait déjà sortir son ceinturon des passants de son pantalon, et frapper sur ses cuisses nues. Il avait dévalé le chemin sans réfléchir, risquant de perdre son précieux butin, sa seule chance d'attendrir ses parents. Mais le trajet était interminable.

S'il contournait les parcelles à blé des Soulaillans, il lui resterait encore une bonne demi-heure. Trop long.

Alors il était passé près de la clôture du pré où broutaient les vaches. Il n'y avait plus âme qui vive. On les avait rentrées pour la traite, signe qu'il était déjà tard. Son inquiétude avait monté d'un cran. C'est en voulant enjamber la clôture qu'une décharge l'avait stoppé. Sa joue avait rencontré les fils électrifiés. La douleur était montée des dents aux tempes. Dans sa panique, il avait buté contre un autre fil. Cette deuxième morsure lui avait arraché un cri. Le voltage n'était pas si fort. Mais, ajouté à la sensation glacée qui avait traversé son corps, l'effet de surprise avait amplifié la douleur. Le jeune garçon était resté prostré quelques minutes, pleurant dans sa veste qui ne le protégeait plus de rien. Alors que la nuit tombait, il avait traversé le pré au pas de course avant de se retrouver une nouvelle fois nez à nez avec la clôture. Malgré ses précautions, le souffle coupé, il avait frôlé un fil du coude et reçu une nouvelle décharge qui aggrava pour longtemps sa hantise du courant. Dans les années qui suivirent il se tint à l'écart de toutes les sources d'électricité. Jusqu'à son départ pour l'Algérie.

16

Demain ils seront là. Ils veulent avancer au plus vite avant l'hiver. Brun a prévenu son fils ce matin. Il n'a rien dit de sa maladie. Il a essayé mais rien n'est sorti. Il a juste marmonné : « Les éoliennes, ça va commencer. » Les études de terrain ont été concluantes. Le mât de mesure qu'ils ont fixé le mois dernier au sommet des Grands Champs, près du monument aux aviateurs, a enregistré un vent régulier nord-nord-est de vingt-cinq kilomètres-heure en moyenne. Avant, là-bas, il n'y avait rien de plus haut que le pieu du drapeau tricolore au-dessus du cénotaphe en mémoire de l'équipage de la 9e escadrille. Ils ont été abattus en plein vol, au printemps 1941, après avoir parachuté des armes aux maquisards du plateau. Mo connaît leurs noms par cœur. Gamin, il se les récitait quand il venait ici avec sa mère. René Barteille, Jacques Legrand, Vincent Leduc et Robert Mémin, un jeune cousin de Léonce.

Bientôt il y aura une éolienne en acier blanc, la première du département, un événement. Et c'est aux Soulaillans qu'ils vont la planter. Le maire du bourg a donné son accord. Le préfet a confirmé sans trop se faire prier. On a parlé de corruption et d'intimidations, mais on dit tellement de choses. La consultation des habitants – une réunion bâclée à la maison commune un soir où tout le monde était aux champs – a conclu qu'on pouvait commencer les travaux et qu'on verrait bien après si ça faisait du bruit comme prétendaient les écolos sur leurs tracts. Le promoteur a appelé Brun pour le féliciter. Il pouvait être fier qu'ils aient choisi son exploitation, exultait Rilleux. Le paysan est resté de marbre à côté de son téléphone, habillé en dimanche à cause des papiers à signer et de la photo prévue dans le journal.

Brun se souvient qu'il a dû en avaler, des couleuvres, pour accepter ces grands ventilateurs sur son exploitation. La dernière année a été terrible aux Soulaillans. La coopérative a accepté son lait à moitié prix et il a fallu dire merci, encore bien content qu'on le lui prenne. Le blé s'est effondré partout. Maintenant il n'y en a que pour le marché. C'est lui qui décide, à l'aveugle. Et il a décidé de tuer. De le tuer. Du marché ou de la maladie, il ne sait pas qui l'aura en premier. Alors à mourir pour mourir, Brun continue à se battre. Il croit qu'avec ces machines il va sauver ses champs, la mémoire de ses aïeux, celle de Robert Mémin qui n'avait pas vingt ans, celle de ses compagnons d'infortune, et de Suzanne qui lui parle la nuit. Demain, ici, ce sera une ferme d'éoliennes.

Sitôt prévenu, Mo est parti. Il a pris son appareil photo, ses petites caméras de nuit, a glissé un morceau de pain et de fromage et quelques noix dans une sacoche. La journée sera douce pour un mois d'octobre. Il ne veut pas les voir arriver. Dans un geste qu'il sait vain, il va photographier les Soulaillans comme on saisirait le portrait encore intact d'un être cher avant de le perdre. Pas une parcelle, pas une perspective, pas un roncier, pas un arbre auquel ne soit accroché un souvenir. La vision d'un jeune renard, d'une famille de chamois, d'un lièvre, de cigognes à tête noire, de hérissons fouineurs. La course des chiens pour rassembler les moutons, leurs aboiements d'excitation, la sueur dans leurs poils. Les départs pour l'estive. Les montbéliardes dans leur robe caramel. Et surtout, et partout, sa mère. Son visage maladif hâlé par le grand air. Son rire de petite fille quand elle cueillait des cerises au verger. Sa façon de s'asseoir en amazone sur Perceval qui redoublait de délicatesse comme s'il avait chargé sur son dos un vase de porcelaine.

C'est elle qui a eu l'idée de cette table d'orientation, à deux pas d'une minuscule chapelle dont Brun ne voulait pas entendre parler. Il se garde bien d'y monter, même s'il sait la vue superbe depuis cette ligne de crête qui ouvre l'horizon. Sur la plaque de lave de Clermont on lit cette inscription des amis des Soulaillans en date de 1983, l'année de naissance de Mo : « Pas en avant, pas en arrière. Toujours plus haut ! » Ce qui frappe, ce sont les mentions de villes et des lieux remarquables portés de part et d'autre de deux arcs de cercle. Le premier indique des destinations proches, Autun, Besançon, Guéret. Le second nourrit l'imaginaire, Delhi, La Havane, Kiev. Mais aussi les monts de l'Oural et la Terre de Feu. Par ce subterfuge, Suzanne a voulu envoyer un message à son fils : cours le monde, aussi loin que tu partiras, il existera toujours une route pour te ramener. Les distances sont calculées dans l'ordre des azimuts et en orthodromie – un mot savant qui veut dire « à vol d'oiseau ». Ainsi, depuis le rebord de la table aux pouvoirs magiques, l'Everest se trouve exactement à « 8 453 km », signe qu'on peut tout atteindre, même le toit du monde, si on sait planer par la pensée. Souvent, sur cette piste d'envol, Mo est parti pour des voyages extraordinaires, persuadé qu'un oiseau démesuré l'emporterait vers les lointains pour l'instruire des merveilles de l'univers, puis le ramènerait sans encombre. Il s'est enivré de cette fable. Sans s'imaginer que les plus grands des oiseaux appelés à se poser ici seraient captifs d'une chape de béton.

Debout derrière la table, la trouée est parfaite. Mo voit la terre entière. L'Himalaya, Oulan-Bator ou l'île de Sakhaline, pourquoi pas ? Il contemple les champs, devine les chemins et leurs ramifications secrètes, les prairies aux herbes folles, les pelouses d'altitude, les prés à foin, et en contrebas, près du cours d'eau, les terres inondables, les pacages, les buissons. Il désigne chaque parcelle par son nom comme il le fait des bêtes, la sente des Laveuses, le crêt des Neiges, le champ aux Pies qu'il appelait enfant le chant hopi à cause de Suzanne et des histoires d'Indiens qu'elle lui racontait. La citerne des Grands Champs, le gué aux Lièvres, la tourbière qui éponge le trop d'eau et la restitue par temps sec, un cadeau de la nature dont Mo connaît chaque habitant, la grenouille rousse, le lézard à sang froid, une profusion de papillons comme des fleurs qui volent, et aussi la bruyère rose pareille aux ciels de l'aube. Plus loin la pièce de vigne qui leur donne un vin pas fameux – mais c'est leur vin –, qui leur donne de l'inquiétude aussi quand les orages s'aimantent aux montagnes et menacent les jeunes grains de leur mitraille. Les Borderies où il cultive l'authentique au printemps, avec pour alliés le bourdon et la coccinelle. Des terres qu'il se garde bien de labourer. Il sème à la volée à la manière des premiers hommes, sélectionne ses graines, observe les cycles naturels. Puis viennent les parcelles de l'Est, le champ des Oiselles, la Petite et la Grande Couture, où ils ont expérimenté les fèves il y a trois ans, et le lac comme une étoffe moirée qui brille au milieu des pâturages.

Rien ne vient couper la vue. L'automne a des relents d'été indien. Mo distingue les bois, les fourrés, les façades en chaux blanche de la tuilerie, les vergers. Il voit la peine de son père, la peine de son grand-père, la peine de tous les Danthôme qui se sont penchés sur ces étendues bosselées, dos creusés, nuques cramoisies de soleil, vêtements alourdis de pluie et de neige, bras jetés dans l'engrenage des travaux et des jours. Il revoit leurs visages détruits, ranime leurs regards éteints. La vie qui résiste avec sa lenteur accoutumée, sa patience à vivre. Il goûte la transparence de l'air, les reflets du couchant sur les feuillages mordorés. Il frissonne.

Son père le lui disait quand il l'emmenait sur les hauteurs des Soulaillans autrefois : « Ici c'est le bout du monde. » Brun désignait les vallées encaissées, les mystérieuses reculées avec leurs failles abruptes, leurs marmites de géant et leurs culs-de-sac, les immenses cirques calcaires. Mo tenait la main de son père, les yeux grands ouverts, persuadé qu'ils habitaient l'épicentre de l'univers. L'année de ses douze ans, il avait décidé que les sept merveilles du monde se trouvaient ici. L'émotion qu'il éprouva ne devait plus le quitter. La certitude que l'essence même de la beauté s'était déposée sur le chemin des Soulaillans. Un chemin sans prétention, plein de creux et de bosses, bordé de fleurs de rien qui auraient mérité un grand coup de faucheuse même du temps de Suzanne, si elle n'avait pas tenu plus que tout à ses coquelicots frémissants, aux pissenlits, aux boutons-d'or, à la bourrache violette, à la chicorée sauvage et à toutes ces petites têtes colorées qui égayent le bord des fossés. Parfois le chemin tournevire, hésite entre champ et clairière. Il se dédouble, se perd à l'infini, devient piste, boucle et croisée. Des arbres entravent le parcours des charrettes, on y abîme des socs mais tant pis, on les garde là pour l'ombre et par habitude, comme le tilleul des Grands Champs dont l'aura protège les hommes.

Bientôt plus personne ne reconnaîtra le chemin. Mon père ne veut pas se l'avouer, pense Mo, mais nous sommes déjà morts, et lui un peu plus que les autres. Les éoliennes, c'est la dernière arme qu'ils ont trouvée pour nous éliminer, nous les paysans. Quand le béton aura éventré nos terres, quand nos paysages seront devenus des usines en mouvement, nous aurons disparu à jamais.

Pourtant il cherche une échappatoire. La force de cette terre le submerge. Ce matin à la radio, avant qu'il se mette en marche, une nouvelle l'a percuté. Dans l'Ohio, des citoyens ont obtenu que le lac Érié jouisse des mêmes droits qu'un être humain. Il n'est pas sûr d'avoir tout compris, mais l'idée lui a paru stupéfiante. Grâce à des protecteurs de la nature désignés pour la représenter, une masse d'eau pourrait intenter une action en justice. Pourquoi pas une terre ? Pourquoi pas *sa* terre ? Il a aussi été question du Gange, de son affluent la Yamuna, et d'un autre cours d'eau, en Nouvelle-Zélande. Trois fleuves désormais admis à plaider leur cause en justice, et capables de faire condamner qui les agresse. Le cœur battant, Mo a aussitôt pensé aux Soulaillans, au chemin des Soulaillans, aux rus et aux ruisseaux, aux haies vives emplies d'oiseaux, aux parfums des fleurs, au bourdonnement des abeilles. À cet or impalpable qu'il faut protéger de la cupidité aveugle des hommes. Il s'est souvenu de la lettre du vieil Indien Seattle écrite jadis au président des États-Unis, que lui lisait Suzanne. Dans ce conte qui n'en était pas un, et que la voix de sa mère faisait vibrer de passion, le chef indien avait perdu le combat contre les Blancs. Résigné à leur abandonner le territoire de son peuple, il mettait en garde le président contre l'argent qui détruisait tout, jusqu'au lien des humains avec la nature. « Vous devrez aimer cette terre comme un nouveau-né aime le battement de cœur de sa mère », répétait Seattle. « Et vous devrez faire de chaque être vivant ici votre frère. » Il parlait du cerf, du grand aigle, du bison.

17

La nuit est tombée. Mo a décidé de rester sur les hauts des Soulaillans. Il a pris un sac de couchage et la couverture de selle de Perceval qui a gardé son odeur. Il sait où il va dormir. Depuis longtemps il a son nichoir aux Borderies, une petite tour de pierre dont le toit s'est envolé lors d'une ancienne tempête. Adolescent, il s'y réfugiait quand il se disputait avec son père. On l'y trouvait moins facilement qu'à la cabane du tilleul. Il s'étendait sur le dos à l'abri du vent et s'abîmait dans l'observation du ciel à compter les étoiles filantes. C'était sa façon à lui d'être nomade.

Ce soir, le sommeil le happe d'un coup. Il se revoit garçonnet à la ferme, en culotte courte, un après-midi d'été par une chaleur de four. Il est allé dans la grange chercher de l'ombre, mais il y fait plus chaud encore. Il a escaladé le tracteur et quand il s'assoit sur le siège en fer, un frisson lui traverse le corps de la tête aux pieds, ses cuisses brûlent à hurler, pourtant il ne dit rien. Il est bien. Tout le monde est aux champs. Il écoute les bruits du dehors, explore les cachettes. La minette a fait ses petits dans un recoin de l'écurie. Il sait que Brun, s'il trouve ses chatons, ira les noyer à la rivière.

Dans son rêve Mo contemple un vieux calendrier offert par le concessionnaire John Deere. Une jeune femme en short moulant, chemise à carreaux ouverte laissant voir ses seins opulents, grimpe sur une énorme faucheuse, sourire aux lèvres. Pareille image ne rentrait pas à l'intérieur de la maison, du temps de Suzanne. Après non plus. Mo rend visite aux petits veaux qui lui tendent leur museau humide en se bousculant. Il ouvre la porte du cochonnier, une forêt de groins se lève. Ils lui font un peu peur, tous ces cochons. Même s'il déteste leurs cris à la Noël, quand on en égorge un dans la cour. Un long ruisseau de sang. Il inspecte les vieilles charrettes, leurs roues à larges rayons de bois. Sur l'une d'elles, on a installé une tonne en métal qui attend l'attelage d'un cheval pour étancher la soif des bêtes à cornes. Autour de l'ouverture, une danse de guêpes et d'insectes attirés par l'humidité. Le voici maintenant à l'étable, un soir d'hiver. Il fait une douce chaleur. Dehors il gèle. Mo est assis sur un tabouret à côté de son père qui distribue le lait à la lueur d'une lampe-tempête. Tout le village monte en procession aux Soulaillans, des femmes et des gamins surtout. Les feux des lampes de poche dansent sur le chemin. On entend les bidons tinter. Mo les attrape par l'anse en bois puis les présente à son père qui trempe sa louche dans un récipient de liquide blanc. Pas une goutte ne tombe. Personne ne parle. C'est un cérémonial, quelque chose comme la préparation de l'*Agnus Dei* à la messe du dimanche.

Le songe de Mo le ramène à son enfance aux Soulaillans. Il observe Brun et Suzanne dans leur jeunesse, à la table dominicale. Isidore ramasse les miettes de pain sur la toile cirée. Il les rassemble dans le creux de sa main et les gobe d'un coup sec, la tête renversée en arrière, comme on avale un comprimé. Ses dents jaunes de fumeur quand il sourit, après. Les mouches tourbillonnent au-dessus des plats. Brun les chasse d'un revers de main. Elles vont s'engluer contre les bandes collantes accrochées au-dessus de leurs têtes et finissent de mourir à petit feu en battant des ailes. Cruel grésillement. Soudain le rêve de Mo se brouille. Comme souvent le dimanche, il pousse la grille de la petite concession où repose Suzanne. C'est leur promenade à pied, avec Brun. Ils marchent côte à côte, en silence, jusqu'à mi-pente, sous un bouquet de saules dont les lianes vertes trempent dans la rivière. Les Danthôme dorment dans leur terre, pas au cimetière communal. Tantôt c'est l'automne, la glaise juste retournée fume dans un halo de brouillard. Tantôt c'est la fin de l'été, les blés coupés en brosse forment un paillasson de chaume. Les anciens appelaient ça le poil. Qu'ils n'avaient pas dans la main. Mais dans son rêve, Mo marche seul vers le caveau familial. Son père ne l'a pas accompagné. Il peine à respirer. Il fait très chaud. Le voilà devant la photo de Suzanne assise dans un cerisier. Il se souvient quand elle a été prise, juste avant sa maladie. « Descends donc. Ces branches ça casse comme du verre ! » s'inquiétait Brun. Suzanne riait. N'en faisait qu'à sa tête. « Vois plutôt mes belles boucles », lui lançait-elle en accrochant des paires de cerises à ses oreilles. Une vision paralyse Mo. Les dents éclatantes de la mort dans la chair encore vive de son père.

Le chant d'une alouette a réveillé Mo. Quelques notes stridentes s'élèvent dans l'air du matin. Il ne peut la distinguer parmi le feuillage encore sombre des arbres. Mais il entend les trilles dans les aigus de sa mélodie, imagine sa houppette, son manteau chamois strié de brun. C'est l'aube. Des avions rayent le ciel. L'espace de quelques secondes, Mo se sent heureux de vivre. Il a perdu conscience de tout. Puis l'expression légère de son visage s'évanouit. Il se redresse, roule son duvet, plie la couverture de selle. Il revient au monde et ce monde ne lui revient pas. Son front se ride. Il dévale le chemin d'un pas mal assuré. Des lambeaux de rêve le poursuivent. Il se rapproche de la ferme. Un bruit inhabituel se précise, sourd et lancinant. Un bruit qui envahit l'espace, qui prend ses aises, qui fait comme chez lui. Mo marche maintenant à découvert. Dans son œil, le reflet du soleil contre l'acier d'un bulldozer.

18

— Vous construisez une autoroute ? a demandé Mo à Le Quintrec qui lançait sa colonne d'engins à l'assaut de la colline.

Le Quintrec, c'est le chef de chantier. Un grand gaillard qui ne sait pas sourire. Son casque sur les oreilles, il a fait signe à Mo de répéter, mais Mo était déjà loin.

— Ce n'est pas à vous que je vais l'apprendre, a plaidé Le Quintrec aux Danthôme en fin de journée. On ne fait pas d'omelette sans casser d'œufs.

Brun s'est gardé de répondre. Comme le craignait Mo, Le Quintrec et ses hommes ont commencé à agrandir le chemin. Ils sont une petite dizaine, des Algériens, des Roumains, des Portugais. « La plupart ne parlent pas français », a prévenu le chef de chantier. « Sauf les trois Algériens, mais ils ne sont pas causants. » Le plan d'action est établi. Ils vont redessiner le chemin en ligne droite pour le passage du mât jusqu'à l'aire de la première éolienne. Même si le mât est amené en trois tronçons, il faut de la place pour manœuvrer jusqu'au cercle d'implantation. Qui ressemblera au pas de tir d'une fusée. C'est l'image qu'a employée Le Quintrec. Il croyait faire son effet.

D'un sentier étroit, ils feront une percée régulière de six mètres. La largeur atteindra même huit mètres dans les rares virages qu'ils devront conserver. L'élagage de surface sera maximal. Tant pis pour les massifs de fougères, pour les ajoncs, pour les frênes et les ronciers géants. De la cour, la vue sera dégagée jusqu'au monument aux aviateurs. Plus de recoins abrités, plus de sentes secrètes. Le nouveau chemin ressemblera à une voie militaire tapissée de petits cailloux blancs. « La propreté du chantier, c'est important », insiste Le Quintrec. Il sait de quoi il parle. Des éoliennes, il en a posé une dizaine l'an passé dans d'autres départements. Il tient à préserver la nature au mieux. Avec des engins pareils, cela relève de l'exploit ou du fantasme. Les ouvriers devront profiter de la météo assez clémente pour mettre les bouchées doubles. Le Quintrec veut que le plus gros soit terminé avant l'hiver. « La neige, j'aimerais éviter », répète-t-il en grimaçant. Il craint le froid, la guillotine du froid.

Un soir, Brun a attendu que son fils rentre de la traite. Puis il l'a entrepris sans détour.

— Tu as vu leur chemin ?

— Il faudrait être aveugle, répond Mo. Moi j'appelle ça une route. Ils font même des carrefours pour manœuvrer leurs camions quand ils monteront le mât et les pales. En haut ils ont prévu une surface d'assemblage pour boulonner les pièces. Encore autant de terres perdues. J'ai parlé avec un gars. Les câbles, tu étais au courant ?

— Quels câbles ?

— Pour relier les éoliennes au générateur électrique. Ils vont les enterrer à travers champs et le long du nouveau chemin. Ça fera des coups de pelleteuse quand la terre ne sera pas trop dure. Ailleurs, ils vont ouvrir le sol avec une trancheuse.

— Ça ressemble à quoi ce truc-là ?

— D'après ce que je sais, à un gros tracteur. À la place de la charrue derrière, il tire une énorme lame qui fend la terre.

Brun se tait.

— Tu vois, fils, reprend-il après un soupir, on est les cocus de l'histoire.

— Tu penses à quoi ?

— À tous ces conseillers des chambres d'agriculture, à ces fonctionnaires du ministère, ils avaient la langue déliée pour nous vendre leur révolution chimique.

— Ils croyaient bien faire, non ?

— Un pantin croit bien faire quand on le tire par ses ficelles. Ils étaient de mèche avec les marchands de semences, d'herbicides et d'insecticides, et que sais-je encore, avec les marchands d'aliments, avec l'industrie et même avec les grandes surfaces, tu m'ôteras pas ça de l'idée. Ce petit monde a prospéré sur notre dos. Et nous, crédules comme pas deux, flattés d'être des entrepreneurs modernes et pas des péquenauds en gros sabots, on a gobé ces mirages. Résultat, à force d'avoir les plus grosses machines, on se retrouve avec des bulldozers aux Soulaillans, et ces ventilos monstrueux qui vont massacrer nos paysages pour brasser du vent. Cocus, c'est le mot.

Mo ne veut pas rouvrir la plaie. Il sait que son père a décidé ce qui arrive, qu'il a reçu toutes les informations nécessaires sur la ferme d'éoliennes. Les a-t-il seulement lues ? Brun ne veut plus se battre. Il capitule en rase campagne. La maladie qu'il ne veut pas nommer, c'est la fatalité. La terre qu'il faut rendre, la terre qui tue, la terre qui vous met dehors. Une troupe d'hommes casqués passe en silence et d'un pas lourd devant la cour. Demain ils terrasseront la partie haute des Grands Champs. Une noria de camions va débarquer. Le Quintrec a parlé de neuf cents tonnes de béton. Du béton liquide qu'ils vont injecter en profondeur. Mais le chef de chantier s'est montré rassurant. Après vingt-huit jours de séchage de la dalle de propreté, ils recouvriront le tout avec la terre des Soulaillans. Neuf cents tonnes de béton, pense Mo, ça ne fond pas comme un morceau de sucre.

19

Brun a passé une mauvaise nuit. Par moments il ne sent plus ses jambes. La voix de Suzanne l'a laissé en paix. C'est lui qui a parlé, un long monologue, avec l'espoir qu'elle l'écoutait. Il s'est réveillé vers trois heures du matin puis il n'a plus fermé l'œil. Il va parler à son fils. Il attend juste le moment. Brun se sent seul.

Il n'a pas tout raflé. Les champs de l'autre côté de la rivière, Brun les aurait bien rachetés il y a dix ans. Le père Blondeau était d'accord. Mais il a reçu une proposition qu'il ne pouvait pas refuser. Là où poussaient ses blés, un immense supermarché a surgi, avec parking à perte de vue, station-service et zone de stockage. Quant à la ferme des Mignots, à moins de trois kilomètres, la fin n'a pas été plus glorieuse. L'autoroute a tout dévoré. À raison de dix hectares au kilomètre, de vingt-cinq hectares pour une aire de repos et autant pour une sortie, le calcul a été vite fait. Il aurait fallu que les prix du blé montent au ciel pour qu'ils résistent, aux Mignots.

Ce matin les bulldozers ont pris possession de l'espace devant la cour. Ils émettent en permanence une plainte aiguë. Ils ont déjà fait pas mal de dégâts. Leurs gyrophares donnent une sensation d'urgence, comme si quelque chose de grave se produisait en permanence. Sans les chênes qui gardent l'entrée, Brun croirait que les engins ont envahi la maison. Les hommes casqués de jaune s'activent sans échanger une parole. Ils savent ce qu'ils ont à faire.

Brun est descendu péniblement à la cuisine. Il aperçoit son fils, le visage fermé, un bol de café brûlant à la main.

— On doit causer, marmonne-t-il.

Mo l'interroge du regard. Brun a encore gagné un cran à son ceinturon.

De son fils, il fait son frère.

II

Désert

La lame courbe des faux fondue
pour faire des épées droites

VIRGILE,
Les Géorgiques, Livre I

1

Brun aimerait voir encore un hiver. Pas ces hivers de rien du tout qui blanchissent à peine la campagne et qu'on traverse en manches de chemise. Non, le vrai hiver, l'hiver d'antan qui vous sautait à la gorge, l'hiver sans fin, martial et insatiable, quand Léonce disait « neuf mois d'hiver et trois mois d'enfer », car il fallait en été rattraper tout le temps volé par le froid. Aux Soulaillans, on se chauffait à la chaleur des vaches. On ouvrait la porte de la souillarde et on était à l'étable. Léonce parlait à ses bêtes avec affection. L'odeur tiède de lait entrait dans la maison, avec les remugles de bouse séchée. Si un tavaillon laissait un jour sur le toit, il fallait en hâte replacer la tuile de bois, fixer un rondin, stabiliser le tout sans tomber tête la première. Faire vite pour ne pas attraper la mort. Léonce s'y employait de bon cœur. Un toit à l'air, c'était la maladie assurée, le rhume de cerveau et la pneumonie.

Autour du logis la neige avait pris position. Celle de février valait fumier, disaient les vieux. Mais la neige d'après, celle de mars, celle d'avril, celle de mai parfois au milieu des narcisses, celle qui étouffait la récolte à venir et donnait aux Soulaillans une blancheur cadavérique ? Le gel gagnait même les barriques et c'est à la scie qu'on découpait le vin. À la hache parfois qu'il fallait le fracasser. Quand l'orage menaçait en surplus, Léonce trouvait du réconfort à entendre les cloches de tous les villages qu'on opposait virevoltantes aux éclairs furieux. On s'en remettait au ciel. Autant Brun se moquait du bon Dieu, autant son père l'estimait, à même hauteur qu'il le craignait. Aussi le vénérait-il par le truchement de tous ses saints. Saint Éloi, saint Michel et saint Isidore le laboureur. Les gens d'aujourd'hui croient que l'hiver n'existe plus. Ici pourtant il a de beaux restes. Le réchauffement climatique a fait l'impasse sur les reculées jurassiennes. Alors Brun espère. Il ne prie pas mais c'est tout comme. Il espère que le grand froid va venir et qu'il se mettra en travers du chantier qu'il a voulu sans le vouloir.

Il est arrivé deux jours avant Noël. Sur le matin, avant même d'ouvrir les volets, Brun l'a senti. Les sons du dehors assourdis, comme enveloppés dans la ouate. Le silence inhabituel des chiens. Une fraîcheur piquante à travers la chambre. Les bruits de fourneau qu'on charge à la cuisine dans un sourd fracas de plaques métalliques et de bois sec. Mo avait dû rentrer des bûches avec son oncle. Hêtre, frêne et chêne, les durs à cuire. L'hiver s'est imposé d'un coup. Sans sommation. Il a tout repeint en blanc, les chemins, les bulldozers, les rêves de Mo et ceux de Brun. Soudain il n'y avait plus ni maladie ni engins. Aucun danger. Juste le présent. Une page immaculée à réécrire sur la terre vierge des Soulaillans. Dans un regain de vie Brun a voulu à tout prix couper un sapin pour le réveillon. Mo ne l'a pas contrarié. Ils se sont couverts comme pour une expédition polaire et les voilà partis jusqu'au bois qui jouxte la rivière au volant de la camionnette.

— C'est pas à nous ici, souffle le fils.

— J'aimerais voir ça, répond Brun.

— Ce bois, il est à nous ?

— Puisque j'te l'dis !

— Tu pensais que ça servait à rien, un bois.

— J'ai changé d'avis.

— Ah, bah ? Tu l'as acheté ?

— Le mois dernier.

— Mais pourquoi ?

— Je le trouvais joli.

Mo n'en revient pas. Que son père ait dépensé de l'argent pour un endroit incultivable le laisse sans voix. Brun n'a-t-il pas couru toute sa vie après des terres de rapport débordant d'épis serrés ? Passé la surprise, le fils éprouve une sensation de joie.

Ils ont abattu un sapin bien feuillu qu'ils ont fait glisser sur le plancher de la camionnette. Brun a évoqué d'anciens réveillons du temps où Suzanne était encore là. C'est lui qui préparait la daube de Noël. Il ne laissait à personne le soin de choisir les pièces de bœuf, de veiller à leur cuisson. « Y a qu'la'iande qui nourrit la'iande ! » répétait-il joyeux. Il se débrouillait aussi pour réunir les meilleurs légumes, les carottes et les oignons, mais aussi un bon kilo de marrons, de la cannelle, du pain d'épices. Mo hoche la tête à l'évocation de son père. Remontent en lui des odeurs de grillade, des parfums de sauge et de cardamome. De clou de girofle. Et le sourire de Suzanne, son regard rempli d'amour pour son mari qui n'hésitait jamais à prévoir large, au cas où un vagabond débarquerait par une nuit d'hiver. C'était son idée à lui. Prévoir un couvert à l'autre bout de la table. Il tenait ça de Léonce qui le tenait des autres Danthôme avant lui. Le sens de l'hospitalité. Penser aux ventres creux. Même s'il n'en venait guère avec le froid et le méchant raidillon menant à la ferme.

À l'aller Mo a laissé Brun conduire. Ça lui faisait plaisir. Au retour son père a pris la place du passager. L'effort l'avait fatigué. Il s'est mis à somnoler. Mo a monté le chauffage à fond. Il s'est senti le gardien de son père. Il roule à faible allure. Des odeurs de sapin, de froid et de mouillé envahissent l'habitacle. Il jette à la dérobée des regards sur ce visage assoupi à l'air paisible. Dire qu'il a acheté le bois, juste comme ça... Mo revoit son père autrefois. C'était des hivers autrement rigoureux. Le jour était si court et les travaux réduits à si peu qu'il y avait place parfois pour quelques distractions. Celle de Brun était d'allumer la télé au milieu de l'aprèsmidi, après avoir lancé un grand feu dans la cheminée. Avec un soupir d'aise il s'installait devant *La petite maison dans la prairie* et plus personne ne parlait. Brun ne manquait pas un épisode de la série. Il se passionnait pour la famille Ingalls, malgré les scènes de prières qui l'agaçaient. Il se sentait proche de ces pionniers partis de leur Wisconsin pour tenter leur chance dans les terres sans fin du Minnesota. Si Mo n'était pas à l'école, il ne fallait pas lui demander deux fois de rejoindre ses parents sur le canapé. Il prenait place entre eux et ensemble ils regardaient vivre cette petite tribu de paysans d'Amérique. Il arrivait même qu'Isidore prenne place dans le fauteuil près des flammes pour suivre le feuilleton, sans que nul ne sache l'effet de ces images sur lui. Dès le générique de fin il se levait, pensif, comme ailleurs. Mo savait ce qui plaisait à Brun quand il plongeait dans *La petite maison*. L'histoire magnifiait la vie simple des champs, le travail à la dure, le courage, des personnages attachants en butte à mille difficultés dont ils venaient à bout en restant unis.

Mo pense à tout ça tandis qu'ils longent le lac où s'ébrouent deux cygnes.

— Tu te rappelles ? fait Brun en entrouvrant les yeux.

— Quoi ?

— Les cygnes.

— Non.

— Quand t'étais gamin, je te disais qu'ils étaient les passeurs d'une rive à l'autre. Qu'ils faisaient traverser les enfants comme toi sur leur dos, entre leurs ailes relevées pour qu'ils ne tombent pas.

Mo s'étonne que son père lui parle de son enfance alors qu'il pensait au feuilleton américain. Il ne se souvient pas que le vieux paysan ait pu se montrer farceur avec lui quand il était petit.

— À propos..., reprend Brun. L'autre jour... j'aurais pas dû te faire la leçon sur les filles. C'est toi qui décideras avec qui tu vivras et comment. T'es pas obligé de faire comme moi. Vu ce qui m'arrive.

— Ne dis pas ça.

— Si, je le dis. Tu vois, je crois que si tu veux être heureux aux Soulaillans, tu devrais d'abord partir.

— Partir ? Mais je suis très bien ici.

— Je sais. Je veux dire : il ne faut pas que tu rencontres une fille du coin. Elles sont pleines de préjugés sur nous, sur notre façon de vivre. Longtemps j'ai cru qu'il fallait se marier entre nous, enfin tu me comprends, entre gens de la même condition, des mêmes collines. Maintenant j'en doute. Tu devrais te donner la chance de connaître une femme qui vient d'ailleurs. Vous inventerez peut-être une nouvelle façon de vivre ici ?

De Noël à la Saint-Sylvestre, l'hiver a joué à la perfection son rôle d'hiver pour les yeux émerveillés de Brun. Le soir, derrière les rideaux en vichy rouge, il contemplait le semis scintillant des étoiles. Au matin, il guettait dans le demi-jour naissant les perles de glace contre les branches dénudées des grands chênes, le soleil dans les flaques de givre, ses reflets incandescents. Les rafales de vent avaient nettoyé le ciel jusqu'aux plus hauts sommets du Jura, et c'était un recommencement du monde. Brun avalait l'air pur, la lumière vive, les couleurs de décembre, des morceaux entiers d'azur givré. Le silence de la nature l'emportait sur le chaos des hommes. La terre grelottait. La terre craquait. C'était un hiver rude comme on n'en avait plus connu depuis au moins deux décennies. Puis janvier a donné le signal du redoux. Sous la neige fondue en boue noire a resurgi le chantier, ses engins guerriers. L'ombre de la mort.

2

Trois rouleaux compresseurs ont fait irruption ce matin de bonne heure. Les Soulaillans s'éveillaient à peine dans une brume épaisse qui nimbait les bâtiments et les prés au bord de la rivière. Des engins manœuvrés par les conducteurs algériens qui ont déjà participé aux travaux d'élargissement du chemin. Il s'agit maintenant d'égaliser le sol et de le compacter pour en faire un support solide. Le convoi exceptionnel chargé du mât et des pales sera composé d'une dizaine de camions, lourds chacun de trente-huit tonnes. Pas question qu'ils s'enlisent. Le Quintrec a adressé un salut de loin à Brun derrière sa fenêtre. Le plan de marche est respecté. La boue s'est durcie à nouveau. Il fait froid et sec. Tout est prêt. Mo avait raison. Le chemin est devenu une route, large et sûre, sans fantaisie ni fioriture. Un couloir neutre. Quand les manœuvres ont quitté le chantier, un voile de poussière reste en suspens, qui met du temps à se dissiper. La gorge gratte. Puis il y a l'odeur de l'air. Ça sent à plein nez le caoutchouc brûlé. La terre remuée, aussi.

En milieu d'après-midi, comme les Algériens achevaient leur tâche, visages de charbonniers, regards en feu, ils se sont arrêtés près du hangar à l'abri du vent qui cisaille les joues. L'un d'eux a sorti un thermos de thé. Ils se sont passé un gobelet cabossé dont l'argent brillait dans un éclat de lumière. Ils parlent un français mêlé d'arabe. Le plus âgé, la quarantaine élancée, raconte que ses grands-parents avaient une ferme en Algérie. Ils élevaient des moutons et des chevaux. Les deux autres l'écoutent. L'un, à peine plus jeune que lui, pense que c'est un métier perdu, la terre, rien que de la misère et des ennuis. Le troisième, qui n'a pas trente ans, boit les paroles de l'aîné. Ça lui plairait, d'élever des bêtes. Et aussi de cultiver la terre. Il s'appelle Omar.

Sa voix perce les tympans d'Isidore. Une voix juvénile, presque suppliante. Isidore sortait du cochonnier attenant au hangar. Il a entendu les Algériens. Cette voix, ces intonations. Surtout la voix d'Omar. Son cœur s'est mis à lui faire mal. Une douleur sourde. Il écoute le jeune gars. Il connaît cette voix. Le temps ne passe donc pas ? C'est la voix du fellagha qu'il a peut-être torturé autrefois, dans une mechta du bled. Pour venger son copain Vidal retrouvé mort après une embuscade. Un paysan lui aussi, d'un village voisin des Soulaillans. Avec Isidore ils étaient partis ensemble pour l'Algérie. Quand une patrouille a débusqué son assassin, on l'a poussé vers une baraque de torchis au milieu de nulle part. Des soldats l'ont allongé sur une table, l'ont attaché. Ont installé une dynamo de fortune. Le sergent a ordonné à Isidore d'envoyer la gégène, en souvenir de Vidal. Aussitôt Isidore a perdu connaissance. Il s'est effondré comme un sac de merde, lui a dit plus tard son supérieur, en l'expédiant une semaine au trou. C'est à ce moment-là qu'Isidore a perdu les mots.

Le plus âgé des conducteurs d'engin raconte la ferme de son grand-père dans l'Oranais. Les autres n'en perdent pas une miette. « C'est un beau métier, paysan. Tu vis dehors avec tes bêtes et ton blé, tu ne demandes rien à personne sauf à Dieu, Inch'Allah. Et tu ne meurs jamais de faim. » Isidore n'ose pas s'avancer vers la grange. Il observe les traits délicats d'Omar, ses cheveux bouclés, son teint mat, presque aussi noir que ses yeux. Il se sent mal. Il marche de son pas heurté jusqu'à la maison où Brun et Mo préparent à dîner. Isidore s'époumone mais rien d'intelligible ne sort de sa bouche tordue, sinon un mot haché, « électricité ». Isidore n'est plus soudain qu'un enfant apeuré. Le silence est retombé, lourd, dans les assiettes.

Le silence. C'est ce qui lui manque le plus, à Brun. Un silence peuplé de cris d'oiseaux, de souffle dans les branches. Le silence qui enveloppait les Soulaillans et se fondait dans la lenteur des choses. Longtemps ici on a avancé à la vitesse des bœufs attelés, fronts paillés et cornes emboulées. Au pas de Perceval et de ses congénères, avec leurs grosses touffes de poils au bas des pattes et leurs œillères. Il se revoit tirant sur leur longe ou empoignant leur collier d'épaule. Ce n'est pas si loin et pourtant Brun puise ses souvenirs les plus nets dans un monde englouti dont il est le survivant. Il n'y aura pas de marche arrière. Les pelleteuses sont entrées en scène avec leurs chenilles et leurs bras articulés. Elles ont grimpé le chemin blanc dans une lenteur majestueuse, un troupeau d'éléphants à moteur.

Bientôt un mois que le chantier s'est ébroué. Des panneaux indicateurs ont fleuri, des bandes de sécurité rouge et blanc, des postes de repli pour les ouvriers, des cahutes, des toilettes mobiles, une aire de grutage, des balises sur les bas-côtés, là où il faudra creuser la tranchée pour enfouir les câbles. Brun ne quitte plus la maison. Il se traîne à la fenêtre, le matin, pour voir passer la meute bruyante. Puis il replonge vers ce qu'il croit être les racines de sa maladie, la course au rendement, la fuite en avant. Ça l'oppresse de revivre ces moments. Il ne devrait pas y penser mais c'est plus fort que lui. À l'époque il ne dormait plus quand les traites de la moissonneuse géante tombaient en fin de mois. Il en connaissait un, le père Hubert, qui n'avait pas résisté. Un soir on l'avait retrouvé pendu dans sa grange avec une lettre de relance pour impayé dans la poche de sa veste. Sa mort avait fait moins de bruit que son tracteur à quatre roues motrices. C'était bien fini l'entraide, le partage des machines, les achats de semences groupés. Le blé avait installé sa tyrannie. Chacun pour soi, c'était la dure loi du marché. À ce jeu, Brun brillait. De producteur, il s'était fait prédateur. Au début ça le rassurait, dix hectares par-ci, quinze par-là. Suzanne désapprouvait. Tu veux racheter la terre entière ? Il était bien avancé. On parlait de lui comme du plus gros exploitant de la région. Le plus gros. Pour le lait, pour le blé, pour la viande. Maintenant il flotte dans son pantalon. Le silence des Soulaillans lui manque. Le seul qu'il connaisse désormais est ce silence à l'intérieur de ses entrailles, un silence de mort.

3

Garder les pieds sur terre. C'est difficile pour Brun. Le sol se dérobe, il vacille. Il ne sait plus si c'est lui qui n'a plus la force ou si c'est la terre qui n'a plus envie. Il se souvient. La mémoire lui revient par éclairs. Il y croyait. Ils y croyaient tous. Brun avait la foi. Semer était sa façon de prier. Paysan n'était pas un métier. C'était ce geste ancestral toujours recommencé. Se nourrir pour ne pas mourir. Se faire l'égal de Dieu en multipliant le grain qui donne le pain. Un champ laissé en repos était un crime. Il fallait défricher le sol, l'ouvrir bien net, tracer une raie franche, semer des graines soigneusement sélectionnées. Féconder, fertiliser. Produire. Lutter sans cesse contre la nature pour s'en rendre maître. Même s'il faisait partie de la nature, lui aussi.

Brun sait quand la terre est bonne à prendre, le moment où le soc de la charrue entrera profond pour les semis qui viendront aux premières loges de la création. Il sait qu'on ne plante pas un maïs avant que les feuilles de chêne dépassent la taille d'une oreille d'écureuil. Il sait même ce qu'a dit Aristote, sans l'avoir jamais lu, à moins que ce ne soit Mo avec toutes ses lectures qui le lui ait soufflé : les vers de terre sont les intestins du sol. Il connaît le calendrier de la Lune, surtout les vertus de la lune noire, des lunes croissantes et décroissantes pour planter la chicorée, les céréales, les endives et les raves, émonder les pommiers, greffer les cerisiers. Il n'a pas oublié que la lumière du clair de lune pénètre plus profondément la terre que les rayons du soleil. Souvenir de semis nocturnes, Mo sur ses genoux, juchés tous les deux sur la selle du tracteur, les nuits fraîches une cape sur les épaules pour emmitoufler le garçon de neuf ans, et les cris de Suzanne pour que le petit descende.

Il se réveillait pourtant, Mo, ébloui par leur équipée, persuadé que de la nuit aux éclats roux naîtraient des blés blonds, revivant la course du lièvre variable, son corps fuselé dans le trait lumineux des phares. Un soir de chasse où ils rentraient bredouilles, un de ces blanchots – poil blanc l'hiver, gris au printemps – avait heurté violemment le pare-chocs de la voiture. Brun s'était arrêté. La route était déserte. Il avait fait un signe de la tête à Mo qui était descendu dans la nuit froide. L'enfant avait décollé l'animal du bitume en l'attrapant par ses longues oreilles d'une main énergique mais tremblante. Le corps de l'animal était encore parcouru de soubresauts quand il l'avait saisi pour le déposer dans le coffre. Brun avait abrégé ses souffrances du tranchant de la main. Mo n'aurait su dire si le lièvre était blanc ou gris, il était surtout rouge de sang, sauf son ventre immaculé, tiède et doux.

À cette époque Brun était bien dans sa vie de paysan, ça se voyait au premier coup d'œil, les pieds campés dans sa terre, y puisant la force prodigieuse de ses reins. Le soir il dévalait en sifflotant le chemin des Soulaillans, la fourche à l'épaule, le soleil en fin de course rasant son dos. Tous les vingt pas son ombre le dépassait, effilée, immuable, la même ombre que celle de son adolescence quand il rentrait d'aider son Léonce à remiser les foins. Ce chemin c'était sa ligne de chance, jamais il n'aurait pensé la briser. Le dimanche, Suzanne n'insistait guère pour le traîner à la messe. Il était dans ses champs ou auprès des bêtes. Une jument qui allait pouliner, il le sentait avant même l'avis du vétérinaire, et pareil pour les pois qu'il fallait enfouir sans tarder, ou les choux d'hiver, ou le persil. En semant il espérait. C'était sa parole divine, sa confiance en la terre plus qu'au ciel.

4

C'est encore la nuit et pourtant la terre ne cesse de trembler. Une noria ininterrompue de camions emprunte la voie ouverte par les bulldozers. Le Quintrec avait prévenu Brun mais le paysan a oublié. Maintenant, le fracas des monstres le tétanise. Le tonnerre dans le ciel brillant d'étoiles ? Par sa fenêtre, il découvre incrédule les camions-toupies qui prennent d'assaut la petite montagne des Soulaillans. Comme des gros jouets avec leur réservoir à béton frais qu'une vis sans fin malaxe en continu. Les premiers arrivés à pied d'œuvre crachent déjà leur contenu pâteux à travers une goulotte. La semelle de l'éolienne sera bientôt coulée dans le vaste trou circulaire pareil à la trace d'une soucoupe volante. Il s'agit bien d'extraterrestres, ces hommes convoyant leur gavage de béton sur les hauteurs de l'exploitation. C'est la nuit mais on n'entend plus rien des hululements et des aboiements, pas même une branche qui tombe au loin dans les profondeurs de la sapinière. Impossible de saisir le cri guttural du grand tétras. Les camions-toupies font taire la terre entière.

Brun s'imagine la coulée grise dans ses champs sacrifiés. Il se souvient des mots de Rilleux qui l'a appelé hier matin pour prendre des nouvelles du chantier. « Vous aurez un beau trois-mâts ! » Sur le coup, Brun n'a pas compris de quoi on lui parlait. « Quel trois-mâts ? » Rilleux a ri d'un rire forcé. « On a bien prévu trois éoliennes pour commencer, non ? Eh bien, leurs trois mâts seront bientôt installés, et votre propriété sera comme un grand voilier poussé par le vent ! » Brun n'était pas d'humeur. Il a répondu qu'un trois-mâts rempli de béton aurait vite fait de couler. Leur échange a cessé là.

Ils pourraient respecter la nuit, le sommeil des Soulaillans, fulmine Brun en observant ce manège tardif. La nuit, les camions-toupies ne bloquent pas la circulation. Ils vont et viennent dans la lumière perçante de leurs phares. Quand le jour sera levé, ils auront laissé un énorme socle en dur.

5

Brun passe ses journées dans un demi-sommeil que scandent ses prises de médicaments. Il lui suffit de fermer les yeux pour revoir son père qui s'active du matin au soir sur les terres des Soulaillans. Il se demande si au bout du compte ce n'est pas Isidore qui a tout pris de Léonce. La grande taille, le peu de mots, cette manière bien à lui de ne jamais allumer la lumière. Léonce savait comment économiser la chandelle. Il se levait avec le soleil et se couchait avec les poules. Entre-temps, il avait retourné la terre entière à coups de bêche. Ce n'était pas une petite affaire, surtout dans les champs étroits et pentus où on n'aurait guère risqué un tracteur. L'hiver tenait les Soulaillans dans sa paume et serrait, serrait, on entendait craquer en chœur le bois des arbres et les os des hommes. Dans ses délires, il transformait tout en pierre, jusqu'à l'air qu'on respirait. Léonce arrivait avec ses bras et son courage. Une large ceinture à la taille lui évitait les tours de reins. Il défonçait la terre à vif, l'éclatait, l'émiettait. Les grosses mottes, il les amollissait de la sueur qui jaillissait de son front comme l'eau des glaciers quand elle tombe en cascade des combes enneigées.

Jamais Brun n'avait pensé si fort à son père. Jamais il n'avait revu ses gestes aussi précisément. Léonce n'était pas épais mais il pesait son poids. Il avait cette silhouette cassée qui vient aux forçats. Il ne mangeait rien qu'il n'ait lui-même produit. Mordre dans le pain qu'il cuisait une fois la semaine, c'était son luxe et sa liberté, son bon plaisir de roi crotté par la glèbe à ses souliers. Léonce était l'homme d'un monde clos. Il ne lisait pas de journal sinon *Le Petit Meunier* pour savoir le prix des orges. Il ne voyagea guère plus loin qu'Ornans où sa femme Thérèse l'avait traîné jadis pour admirer des toiles de Courbet après une excursion en barque sur la Loue. Il avait regardé sans rien dire une fameuse scène d'enterrement et avait rougi jusqu'aux oreilles devant *L'Origine du monde*. Rentré chez lui il avait dit à la mère de Brun que les Soulaillans étaient bien plus beaux qu'Ornans, surtout un jour d'enterrement. Quant à l'origine du monde, il avait ajouté à mi-voix qu'il préférait la découvrir de nuit et l'avoir pour lui tout seul. La Thérèse, inaugurant la malédiction familiale des femmes, disparut très tôt, emportée par une angine de poitrine. Léonce s'enracina seul aux Soulaillans, aidé par un couple de métayers pour finir d'élever Brun qui allait sur ses quinze ans. Son secret pour s'échapper, c'était la radio. Un meuble luisant d'acajou avec ses touches blanches qu'il pressait nerveusement en approchant son oreille de la grille couleur abeille. Parfois il attrapait des voix lointaines en Grèce ou au Congo. Après sa mort, Brun avait retrouvé un carnet de poche couvert de son écriture appliquée. Il fut remué en découvrant ce qui avait occupé son père quand il restait penché devant son poste jusqu'à tomber de sommeil. Léonce notait scrupuleusement les noms des villes où éclataient des émeutes du pain. Brun avait de qui tenir. Grâce au précieux carnet, il avait appris la géographie de la faim.

L'époque a-t-elle changé ? Penché sur le carnet, Brun récite le chapelet de ces villes aux ventres creux, Tananarive, Majunga, Tuléar, Diégo Suarez. « Année 1947, Madagascar », précise le carnet, puis, bien plus tard, en Algérie, Petite et Grande Kabylie… Puis la Tunisie, déjà, Douz, Kasserine, Gabès, El Hamma. La faim, on la suit à la trace, on la reconnaît aux cris qu'elle pousse, disait Léonce. Brun n'eut de cesse qu'il n'aille entendre de plus près cette musique désaccordée. Ses envies de voyage sont nées de ces instants où, assis contre son père, il écoutait ces noms sans bien comprendre. Ils se sont incrustés en lui à son insu, des graines semées qui ont germé plus tard, quand il a entrepris ses longs voyages.

Léonce ne fut jamais malade. Il se coucha un soir et mourut. On lui enfila son costume du dimanche, le seul qu'il avait possédé de toute sa vie. Jamais il ne s'était habillé en monsieur. La terre était son unique parure. Il partit avec ses médailles de la Résistance dont il ne parlait jamais, une pelletée de la terre des Soulaillans sur le bois verni de son cercueil. Brun aurait aimé mourir ainsi.

La mort, il la voit venir. Elle approche, l'enserre dans ses bras glacés. Brun se surprend à imiter les gestes de son père sur ses vieux jours. Couvrir son feu de cendres avant de dormir pour le ranimer d'un souffle au matin. Huiler ses outils de labour même s'il y a beau temps qu'il ne fend plus la terre à la main. Combien de fois il a ramené le trophée aux Soulaillans. Brun, le roi des laboureurs. Le soc de la charrue accroché à l'arrière de son Massey Ferguson, il ouvrait la terre comme on ouvre une boîte de sardines. Et les mouettes mystérieusement venues de mers lointaines se massaient dans son sillage en criant, à croire que son tracteur exhalait l'odeur des chalutiers malmenés par le vent du large.

6

— Je t’ai parlé de Rosalie ?

— Non, qui est-ce ?

Après les derniers soins aux bêtes, Mo a pris l’habitude de rejoindre son père dans sa chambre avec un dîner léger. Ce soir c’est escalope milanaise et pâtes, une poire mûre, du vin coupé d’eau. Il n’oublie pas l’épaisse tranche de pain, et ça le contrarie que Brun y touche à peine. Quand le vieil homme a terminé son assiette, Mo le débarrasse et pose devant lui le vieux damier en bois d’érable. Que de parties endiablées les soirs d’hiver, à la veillée. Brun prenait toujours les noirs. Il disait qu’ils étaient les plus forts. Toujours il gagnait. « Tu triches ! » protestait Mo s’il voyait deux pions bouger d’un coup sous l’index de son père gros comme son pouce. Pris en faute, Brun éclatait de rire. Suzanne veillait au grain, rabrouait son époux. Mo s’avise qu’ils n’ont plus joué aux dames depuis la mort de sa mère. Le support est un peu craquelé. Il est tombé dessus par hasard en cherchant un plat dans le buffet du vaisselier. Il a passé un coup de chiffon et les voilà repartis. Un éclair de joie a traversé le regard du vieil homme. Mo entend son souffle lent quand il se concentre. Il pense à cette règle, « souffler n'est pas jouer ».

— Qui est cette Rosalie ? Une fiancée ?

Jamais ces deux-là ne se sont autant parlé. La maladie les rapproche. Le temps compté. Un sourire éclaire le visage de Brun. Ce taiseux veut dire ce qu'il sait du monde qu'il quitte. Une sorte de transfusion du père au fils. Ce soir ils délaissent les dames. Brun est en veine de confidences. Son esprit arpente les petits chemins que les engins ont défoncés. Des images lui reviennent, nombreuses, précises. Mo l'écoute en lui pelant sa poire. Il n'imaginait pas qu'un jour son père dépendrait de lui pour manger. Il lui tend la becquée au bout de sa fourchette ou à la pointe de son couteau. Le maître des Soulaillans ne paraît pas s'en plaindre. Il est ailleurs.

Brun marche enfant dans le sillage de Léonce. Le soleil dégringole à travers les frondaisons et dessine une mosaïque de lumière, des marelles tombées du ciel. Léonce tient Rosalie par le licol. Rosalie la truie. C'est jour de fête car ils l'emmènent à la glandée. C'est une matinée d'automne avec ses odeurs d'herbe mouillée, de racines, de bois en décomposition, de pissenlits écrasés, de jonquilles, de groseilliers. Une pluie fine a pénétré la terre, libérant les senteurs de sainfoin et de champignons.

Brun fixe Mo dans les yeux.

— Si on y allait maintenant, fils, on ne sentirait plus rien.

Brun s'accroche à ce souvenir. Rosalie avance tête baissée sur le chemin qui mène à la clairière de chênes. De temps en temps, Léonce lui cingle les cuisses d'un coup de badine. Il a percé son groin de plusieurs anneaux, ça l'empêche de l'enfouir trop profond dans le sol fragile. Rosalie est le premier cochon punk. On est au début des années soixante et Léonce initie Brun à la glandée. Ailleurs la pratique s'est perdue, mais ici dans les vallées froides elle reste un devoir de mémoire. Se souvenir d'où on vient. Se souvenir qu'un éleveur se doit d'engraisser ses bêtes à la table de la nature. Mo ouvre grand les yeux. Il n'aurait pas imaginé son père et son grand-père aux petits soins pour une truie. Au village, on appelle les Danthôme « les groins ». Ils s'en fichent pas mal.

Brun poursuit son récit. Une leçon de choses. Mo a fini par aller chercher un carnet.

— Tu écris ce que je dis ? s'étonne le vieux paysan. Tu vas parler de Rosalie ?

— Bien sûr.

La voix de Brun déraille d'émotion. C'est donc important pour Mo, ce qu'il raconte ? Il en était aux glands qui tapissent la terre moussue au pied des chênes, il se souvient aussi des faines de hêtre, ces petits fruits fendus que Rosalie dispute aux loirs, aux pinsons et aux mésanges charbonnières avec leur bande noire au ventre comme une fermeture éclair. Les soies ruisselantes d'humus et de rosée, la truie se goinfre. Elle grogne de plaisir. Ses piercings brillent dans le soleil d'automne. Elle sera bien grasse à l'heure de la tuaison. Brun est revenu un demi-siècle en arrière et pourtant comme est fraîche l'empreinte de Rosalie dans cette terre humide qui sent aussi la pourriture, la fumure du cheval, l'herbe trempée d'eau, les feuilles macérées, la menthe sauvage, les fleurs de cytise, les pétales flétris de colchiques et de violettes, qui sent le calcaire et l'argile, les marnes bleues, les eaux souterraines, les mottes pierreuses et le sable poudreux des saisons sèches, qui sent le travail des hommes et la trace des bêtes enfouies, fossiles, dépouilles de hérissons, bois morts de jeunes daims gainés de velours, griffes de lynx. Et encore les parfums des neiges souillées par le pas de tous les Danthôme depuis les hivers d'antan, l'odeur des feux de broussailles, des brûlis, des galets chauffés à blanc et des pampres sauvages desséchés par la succession des étés incendiaires, le souvenir des vents du Jura, la grande bise, les aquilons, le solaire, le joran.

— Sacrée Rosalie, fait Brun pensif.

Les mots lui manquent maintenant que les bulldozers ont tout dit. Jusqu'ici rien n'avait arrêté la sente des Soulaillans, son entrelacs de pistes minuscules qui ouvraient des percées à travers les champs ondoyants. Une laie n'y reconnaîtrait plus ses petits. Les gros engins ont accompli leur mission. Leurs rouleaux d'acier ont écrasé d'un coup une très vieille mémoire. Un bull d'acier n'est pas à ça près quand il met d'équerre une civilisation courbée. Qui se souviendra de Rosalie, ou encore de l'émouchette, le tissu ajouré que Brun fixait entre les cornes de ses vaches, juste devant leurs yeux, pour les protéger des insectes piqueurs ? Qui se souviendra de ce mot, émouchette, et aussi de cette habitude de donner un nom aux bêtes, avant la victoire des chiffres ?

7

C’est une mauvaise journée. Trop de bruit dehors. Trop peu de force dans ses muscles, dans ses mains d’où tout glisse, un médicament, une feuille de papier, sa casquette dont il observe l’intérieur avec suspicion en examinant les cheveux blancs accrochés à la toile sans vouloir y reconnaître les siens. Brun ne l’a vécue que dans l’attente de Mo.

— Écoute-moi, fils. Ma mère installait un récipient sous la gouttière. Elle y jetait des feuilles d’ortie, des herbes du potager. C’est cette eau dégringolée du toit qu’on buvait aux Soulaillans. L’hiver elle nous déchirait le ventre.

Brun est encore plus faible qu’hier. Toute son énergie s’est concentrée dans sa voix, dans son regard qui brille. Il se consume à la chaleur du passé. Il faudrait lui prendre la température. Mo le regarde sans montrer sa peine. On ne montre pas, chez les Danthôme.

— Mange, papa, ça va être froid.

— Je mange et tu notes sur ton carnet, d’accord ?

— D’accord.

Un filet de bouillon a coulé le long de son menton,

s'est figé sur ses poils blancs. Mo se retient de faire un geste pour le nettoyer du coin de sa serviette. Il ne perd rien de ces instants fragiles. Parfois il s'arrête d'écrire. Il se contente d'observer son père, de vivre chaque minute avec lui. Il n'oublie rien de ce qu'il connaît depuis l'enfance de cet homme pas toujours facile. Brun, c'était d'abord une volonté enfoncée profond dans sa tête de têtu. On ne sait rien de lui si on néglige son besoin de revanche sur ce mauvais sort qui l'a fait naître un pied dans la terre et l'autre dans la bouse. Ça lui plaisait bien pourtant, d'être cultivateur. Sa vie était tracée, aussi droite que les sillons dont il striait ses champs. Dans le ventre de sa mère il était déjà paysan. Mais il n'a pas supporté les humiliations. Des cicatrices invisibles, à jamais ouvertes. Brun veut dire à son fils ce qu'il a été. Qu'il sache de quelle nuit ils sont sortis, ces culs-terreux de Danthôme.

— On dormait depuis toujours et soudain on s'est réveillés, pas question de se rendormir.

La maladie attaque jusqu'au grain de sa voix. On dirait qu'il chuchote. Qu'il livre de lourds secrets. Cette fois il a allumé une cigarette. D'autres suivront. Ses phrases sont scandées d'un long souffle quand il rejette la fumée au-dessus de sa tête. Une quinte de toux manque parfois de l'étouffer. Mo a l'impression d'une vieille machine qui va exploser en mille morceaux. Mais le corps résiste, la voix revient.

— Tu ne peux te représenter ce qu'étaient nos vies, celles de mes parents et des anciens avant eux. Mon grand-père était valet de ferme chez des hobereaux de l'Arbois qui le traitaient pire qu'une bête. Son salaire de honte, il le remettait chaque mois à son père qui le buvait d'un trait. On était pauvres et on avait peur. Pauvres comme tu n'imagines même pas. Une misère sans fond. La vérité c'est qu'on crevait de faim. Les récoltes couchées par la tempête pourrissaient sur pied. La terre se craquelait, de grosses crevasses comme au Sahel. Les hivers, on n'en voyait pas le bout. La neige bloquait tout. Ceux de Montfort, ceux d'Autigny, ceux des hameaux de la vallée, on ne les croisait plus pendant des mois. On se demandait même s'ils avaient jamais existé. Il fallait chausser des raquettes et s'enfoncer dans la neige au risque de se perdre pour espérer rallier le hameau le plus proche après des heures. C'était pour les urgences, aller chercher un docteur ou des médicaments, des questions de vie ou de mort. Nous autres on avait l'impression d'être seuls au monde, oubliés des hommes et du ciel. La solitude nous rendait fous et agressifs entre nous. On en avait assez d'être collés ensemble du matin au soir. À la fin, mes parents pouvaient plus se voir en peinture. C'est la maladie qui a mis fin aux hostilités avec ma mère. Faute d'oseille pour payer un ouvrier agricole, on se débrouillait avec les moyens du bord. Les femmes, on en faisait nos hommes à tout faire. L'argent nous filait entre les doigts. On se demandait tout le temps où il était passé. Si le bois venait à manquer – et c'était chaque hiver car le froid jouait les prolongations –, on commençait à brûler nos meubles. Jusqu'à sa mort ta grand-mère a pleuré son vaisselier en merisier qu'on a flambé planche après planche pendant l'hiver 1954. Une année on a aussi mis le feu à un parquet. On a même sacrifié le bouffadou en pin qui servait à rallumer la flamme sans se roussir les moustaches, c'est dire jusqu'où on était tombés. Le vétérinaire venait plus souvent que le docteur. On soignait les chevaux et les bœufs car, sans eux, c'était foutu pour les labours et tout le reste. Quand l'hiver pointait son nez, on savait qu'on ne verrait plus personne pendant des mois. Avec ta mère on a fait les chambres à l'étage.

L'évocation de Suzanne trouble Mo. Il détourne le regard puis ses yeux reviennent vers le côté du lit qu'elle occupait, souvenir d'une tiédeur ancienne.

— Dans le temps, on dormait tous dans la salle du bas. Oublie le carrelage d'aujourd'hui et le chauffage central et l'eau courante. C'était de la terre battue entre quatre murs humides qui suintaient comme une sueur froide. Pour les besoins fallait courir au fond de la cour et se geler les fesses dans les tinettes en bois que traversaient d'énormes araignées et des rats. La nuit on se retenait. Si c'était vraiment pressé on y allait à tâtons, sans lumière, en espérant que la lune nous guiderait. Sinon l'odeur servait de repère. La grande cheminée n'envoyait plus que de la fumée alors mon père préférait qu'on dorme la porte ouverte. Un courant glacé nous pétrifiait. Il faisait cinq degrés, parfois moins. Ne crois pas ce que les gens disent, qu'on était des riches déguisés en pauvres, des champions du marché noir qui avaient bâfré sous l'Occupation pendant que les citadins crevaient la dalle, des rois de la lessiveuse, du bas de laine et des napoléons. Aux Soulaillans et dans les fermes alentour, c'était le régime choux-raves matin et soir, et des lardons qu'on cuisait dans la soupe une fois par mois ou aux fêtes carillonnées, les seules à me réconcilier avec Dieu. Même quand on avait le ventre plein, on avait toujours la tête aussi vide.

Ton grand-père Léonce ne savait rien de la terre qu'il cultivait. Rien de sa chimie, rien de ses propriétés, rien des méthodes modernes de fumure, rien de la génétique, des croisements, des hybrides, rien du calcul des bilans. Léonce, il ne savait que donner sa peine. Comme tous les gars de sa condition il n'avait pas de savoir, juste de la croyance. Je le revois penché sur son calendrier, ses carreaux sur le nez. Il avait une collection de dictons pour l'hiver, qui était la grande affaire, tellement on craignait ses dégâts quand il s'éternisait dans la vallée. "S'il neige à la Saint-Onésime, la récolte est à l'abîme", ânonnait-il, ou encore : "S'il pleut à la Saint-Victorien, on ne ramassera que du foin."

Mo sourit.

— Il faudrait que tu dormes, papa.

— J'aurai tout le temps bientôt. Laisse-moi continuer. Note bien que ces paroles d'évangile m'agaçaient. C'est en écoutant mon père proférer ces idioties que j'ai pris la religion en grippe. Je ne supportais pas que les choses de la terre relèvent du ciel et de la Vierge Marie dont la statue trônait dans la cuisine au sommet du placard. Je n'étais pas incroyant. J'étais incrédule. On mélangeait tout, la Sainte Vierge et les blés, les apôtres et le mûrissement du raisin, le temps qu'il faisait et les prières pour la pluie. On était des arriérés et voilà tout. Gamin j'ouvrais en cachette la boîte de sucre au dernier étage du placard, juste sous la robe en plâtre de la Vierge. Je la fixais des yeux avec un air de défi. "Si t'existes pour de vrai, empêche-moi d'en prendre puisque c'est un péché." Elle n'a jamais levé le petit doigt, alors que pouvait-elle contre la grêle ou la sécheresse ? Moi j'ai eu mon certificat d'études comme tu sais. Ça m'a pas mené beaucoup plus loin que les prêches du curé et ses *Ave* en grand équipage, aube blanche et saint sacrement pour bénir nos champs à la Saint-Jean, dans un nuage d'encens. Je pouvais réciter par cœur les départements français, tu parles d'une belle jambe pour faire sortir un blé proprement au milieu du chiendent ou traire une vache qui balance des coups de pied. Le soir de mon diplôme mes parents ont fait une petite fête avec les voisins. Un doigt de mousseux et un paquet de boudoirs étalés dans une assiette. J'en pleurais. Pas de joie. C'était tout le contraire. Je savais que l'école c'était fini pour moi. Fini le bonheur d'apprendre que la Birmanie possédait du tungstène, qu'on n'accordait pas être comme avoir, que le mot manger se disait "manger le riz" en vietnamien, en laotien ou en siamois. Les livres de sciences, les livres de géographie, la grammaire, j'aimais bien ça. Mais la terre m'attendait, avec mes deux bras, mes épaules carrées, ma jeunesse. C'était ma vie, ma destinée, Mo. Faire comme les parents, comme les grands-parents, pareil, pareil, et surtout, interdit de sortir du sillon. Alors quand j'ai pris l'avion pour l'Amérique... Tu n'imagines pas comme j'étais excité, même si je craignais de partir si loin. Un Super Constellation nous a emmenés d'une traite à Chicago depuis Orly. Quand j'ai vu le temple des céréales avec la statue de Cérès sculptée sur sa façade de pierre, j'ai cru qu'on était sauvés. Qu'on allait enfin comprendre ce que personne ne nous avait appris.

Pendant que Brun se raconte, les engins n'en finissent pas d'arpenter la montée des Soulaillans en forçant leurs moteurs. Il n'y a plus ni jour ni nuit. Le monde, son monde, devient poussière. En regardant par la fenêtre, cet après-midi, il a vu des camions-bennes transbahuter des tonnes de ferraille pour construire la cage de la première éolienne. Des aires d'assemblage ont été aménagées dans les prairies à proximité du pas d'installation. Le Quintrec lui a dit que le terrassement était terminé. Les pelleteuses ont été efficaces. Pendant que le béton du socle sèche, les manœuvres se poursuivent. On a amené sur site la virole gigantesque qui maintiendra la base du mât. Cent cinquante boulons géants et dix-huit pieux d'acier couleur rouille, hauts de neuf mètres chacun. Tout ce qu'on enfonce dans la terre des Soulaillans, c'est dans sa chair que Brun le ressent. Le désert avance, minéral, métallique. On va rendre stériles les champs et fous les animaux.

Brun s'assure de temps en temps que Mo l'écoute. Puis il reprend le fil, s'accroche à la vie en la racontant.

— C'était ça la découverte. Nous paysans du Jura, paysans de France, nous n'étions pas maîtres de notre destin. Nos vies étaient entre les mains de ces Amerloques qui balançaient leurs petits papiers comme des confettis en spéculant sur les blés ou les orges ! C'étaient des dingues, mais c'étaient les rois. L'arme alimentaire était à eux. Ils n'en avaient pas eu assez en nous expédiant leurs tracteurs et leurs engrais. Ils voulaient nourrir la planète à eux tout seuls, rien que ça.

Mo ouvre de grands yeux. Jamais son père ne lui a parlé ainsi.

— Je ne comprends pas. L'arme alimentaire, nourrir le monde, c'était des rêves pour les céréaliers de la Marne, pas pour vous avec vos terres qui suffisaient à peine à vous nourrir… Avoue que le Jura, ce ne sont pas les grandes plaines du Bassin parisien !

— J'avoue rien du tout. Tu oublies qu'on avait un idéal depuis la fin de la guerre, ça s'appelait l'unité paysanne. Qu'on soit céréalier beauceron, éleveur de cochons breton, maïsiculteur de l'Adour ou paysan des terres rapiécées des Vosges, on était de la même condition. Le combat de chacun était le combat de tous. Maintenant ça parle plus à personne, l'unité paysanne. C'est chacun pour sa gueule et c'est pour ça qu'on crève un par un. Dans ce temps-là au contraire, on se croyait capables de conquérir le monde, juchés sur nos tracteurs. On était les fantassins d'une force de frappe extraordinaire. On ne réalisait pas que nous, les sans-grade, on faisait le jeu des gros, le club des cent quintaux à l'hectare, qui nous poussaient devant pour quémander des aides. On s'est fait avoir, d'accord. Mais on était sincères, on croyait qu'en quittant notre condition de paysans, en devenant des entrepreneurs, on serait des gens respectables. Dans nos manuels d'école, c'était écrit que la paysannerie n'avait pas évolué depuis le Moyen Âge. Qu'elle s'était rangée derrière le képi du Maréchal en gobant les yeux fermés que la terre ne mentait pas. J'aurais bien étripé celui qui avait écrit des bêtises pareilles.

Brun a souri comme on grimace. Sans le vouloir, Mo l'a piqué au vif.

— Tout à l'heure tu disais que vous aviez peur. Mais de quoi ?

— De tout. Que le ciel nous tombe sur la tête. Que la neige couvre le blé en fleur. Je te l'ai dit cent fois. La grêle, l'orage sur la moisson, la tempête, le coup de chaud, l'incendie dans les granges avec le fourrage. Mais on avait peur aussi pour nous. La maladie ne pardonnait pas. Quand on était pris… C'était un drame pour se procurer des médicaments. Ça coûtait trop cher de se faire soigner. Alors on serrait les dents, on prenait notre mal en patience. La peur ? Oui, fils, on avait peur de la vieillesse aussi. De devenir des bouches inutiles. Les maisons de retraite n'existaient pas. Nos grands-parents, nos parents, nous les gamins, tout le monde vivait ensemble, et la mort n'était pas une affaire. Il y avait toujours une tâche urgente à l'étable ou aux champs qui abrégeait les effusions. On ne s'éternisait guère à pleurer. D'ailleurs on ne pleurait pas, et si des larmes coulaient, le froid avait tôt fait de les figer, ou la chaleur de les sécher. On avait peur de pas y arriver.

Les couleurs sont revenues aux joues de Brun. Ses gestes se reflètent en ombres chinoises sur le papier peint. Il paraît plus grand qu'il n'est, et plus fort.

— Les politiques nous moquaient. La génération des anciens ne connaissait qu'un mot : la fatalité. Elle s'abattait sur eux avec droit de vie ou de mort. Pas moyen d'y échapper. Alors nous, je parle des jeunes paysans de mon âge, on a voulu secouer tout ça, ce que les intellectuels de Paris appelaient l'ordre éternel des champs. On a fait la révolution. Pas celle de 1789. Une révolution silencieuse. On s'est sortis nous-mêmes de la dèche où pataugeait notre classe, les têtes d'œuf disaient notre "race", une race dont ils méprisaient l'ignorance, les manières frustes, le patois, les chansons démodées, le côté vieille France. Ça, on n'était pas des communistes. On n'était pas plus des capitalistes sous prétexte que nos terres arides nous appartenaient. Combien devaient s'embaucher à mi-temps dans les usines pour joindre les deux bouts ? Ton grand-père s'étranglait devant son poste quand il entendait des élus vanter les mérites de l'exode rural. "On a gagné la guerre et on nous reparle d'exode !" Ce mot-là, il le digérait pas. "Pourquoi pas la déportation tant qu'ils y sont ?" Il criait dans toute la maison. C'est là que notre révolution s'est accomplie. On s'est mis à tout connaître du monde qui nous entourait. On voulait parler d'égal à égal avec les fonctionnaires, avec les collègues d'Allemagne et de Hollande. Même avec les *farmers* du Midwest qu'on nous présentait comme les modèles à imiter. Les formations, les stages, les voyages d'études à l'étranger ou dans les régions les plus productives du pays, on a décidé qu'ils nous sortiraient de notre ignorance crasse. Si on n'avait rien dans la tête, on en avait encore moins dans nos poches. C'était à nous de casser les préjugés, de tuer ce complexe d'infériorité qui faisait de nous des colonisés de l'esprit. Des immigrés de l'intérieur. L'industrie continuait d'avaler nos frères et nos cousins pour bâtir les Trente Glorieuses. Nous on s'arc-boutait sur nos terres en apprenant à les lire comme des livres grandeur nature. On tenait bon. On acceptait que les plus faibles quittent leurs terres pour les céder à des exploitants plus gros, plus équipés, plus ambitieux. Le remembrement des propriétés intéressait les plus jeunes d'entre nous à qui pesait la cohabitation avec nos aînés. Quand on était juste mariés, avec ta mère, je l'ai retrouvée un soir en larmes dans la souillarde. Mon père l'avait houspillée parce qu'elle n'avait pas mis les bonnes assiettes à table. Elle avait sorti le service des dimanches au lieu des couverts ordinaires.

Tu vois la gaffe ! Un couple juste marié était sous le contrôle permanent de ses beaux-parents. L'homme aux champs s'il était le gendre, la femme à la cuisine si elle était la bru. Sans parler des chambres contiguës, si mal isolées qu'on s'entendait ronfler à travers les cloisons. Et c'était pire quand toute la maisonnée, jeunes et vieux confondus, devait partager la même pièce pour dormir. On appelait ça la cohabitation, et nous on ne rêvait que de décohabitation ! À force pourtant, sans un bruit, sans cocoricos, le pari a été gagné. Moins on était nombreux, plus on produisait. En ajoutant des tonnes aux tonnes, on a fini par se faire respecter. Comprends ceci, Mo. Sans la chimie, sans nos machines, jamais on n'aurait fait de notre pays une puissance agricole. C'est bien beau à présent de rêver écologie, petites fleurs et légumes bio. Mais si on était partis dans cette direction après la guerre, crois-moi, il y a longtemps qu'on aurait tous crevé de faim.

D'un geste incertain, Brun a déposé son assiette sur la table de chevet. Puis il s'est levé de son fauteuil avec l'aide de son fils pour avancer lentement jusqu'à la fenêtre. Mo doit accepter ce qu'il voit. Son père flotte dans ses habits. Il ne fait pas même craquer le plancher quand il marche. C'est un homme hors sol qui ne pèse plus que le poids de son espérance, si maigre à présent. Ses mains battoirs se sont décharnées, son petit doigt manquant à droite, parti dans une batteuse un été d'autrefois, est encore plus visible. Il n'a pas la force de tourner la crémone alors il regarde son fils l'air impuissant.

— Laisse, je vais ouvrir, dit Mo.

Il est minuit passé. L'air frais entre brusquement dans la chambre, balayant l'odeur de fauve et de tabac.

— Tu entends ? demande Brun.

— Quoi donc ?

— Le silence.

Un sourire éclôt sur le visage du père.

Mo ne répond rien.

Il sait qu'ils vont revenir.

Demain arriveront les pales et le rotor, le nez du rotor, la nacelle.

Et le mât en trois tronçons de quarante-cinq tonnes chacun.

Le désert en marche.

Un nouveau jour va se lever. Un jour sans oiseaux, sans trilles dans le ciel, sans brasillement de l'air. Mo soupire. Un halo gris efface tout ce qu'il a aimé. Au moment de se coucher lui reviennent des bribes de la lettre du chef indien Seattle à travers la voix de Suzanne. « Chaque parcelle de cette terre est sacrée. Chaque aiguille de pin luisante, chaque rive sablonneuse, chaque lambeau de brume dans les bois sombres. »

Vers six heures du matin Mo croit entendre un bruit dehors. Comme une plainte. Il s'habille en hâte, enfile un gros pull et pousse la porte de Brun. Le lit est vide. Il dévale les escaliers affolé. Un froid sec assomme la maison. La cheminée n'est plus qu'une gueule noire où survivent quelques braises. En ouvrant la porte sur la cour il aperçoit une masse sombre dans la brouette. À moitié gelé, un étrange sourire au milieu de la figure, sa barbe en papier de verre, Brun dort. Mo le secoue.

— Papa, lève-toi ! Tu vas crever de froid il fait un degré. Papa !

Brun ouvre les yeux, étonné. Ce que Mo voit, c'est son regard enfantin à travers ses grands cernes violets.

— Qu'est-ce que je fais là ?

— C'est toi qui sais.

Le vieil homme reste inerte.

— Je suis sorti cette nuit. Je voulais respirer l'air.

— T'avais qu'à ouvrir ta fenêtre !

— C'est pas pareil. Au moment de rentrer je me suis senti faible. J'arrivais plus à ouvrir la porte. J'ai atterri dans la brouette. Au moins j'suis pas tombé plus bas.

Mo ne soupçonne pas quelles sensations a éprouvées Brun dans cette brouette. Le froid ? Oui, mais d'abord autre chose. Les bruits de la nuit, la présence de la chouette effraie, la profondeur de son cri. Le craquement des chênes. Des lambeaux de bonheur arrachés à la mort qui vient. Mo a pris son père par le bras et ils ont entamé cahin-caha la montée de l'escalier. Il est allé lui chercher des habits secs, l'a aidé à se changer. Il a détourné son regard quand Brun s'est mis torse nu. Puis il a fait chauffer l'eau d'une bouillotte qu'il a déposée sur la couette à hauteur de son ventre. Il s'est éloigné avant de revenir sur ses pas. Il a embrassé Brun, ses joues froides et durcies, a vu son air radieux.

8

Ça fera une diagonale sur la crête des Soulaillans. Mo se souvient des paroles de Rilleux le jour où il a alpagué son père. Il lui a dit qu'ensemble ces éoliennes formeraient un ballet de danseuses exécutant une chorégraphie. Il a jeté au visage du paysan des noms qui lui disaient vaguement quelque chose, Comaneci, Pietragalla. Les mordus de ces merveilles leur donnent paraît-il des noms d'étoiles.

9

Après avoir secouru son père, Mo est monté de bonne heure aux Grands Champs. Depuis des semaines il a retardé le moment des semis d'hiver. Travailler dans la promiscuité du chantier lui répugnait. Mais il n'a pas le choix. S'il veut espérer une récolte là-haut, il faut y aller. Il a installé le semoir derrière le tracteur. L'horizon d'ordinaire infini est barré par la file des camions. Dans sa tête il rumine, « fumiers, fumiers ! ». Il s'est mis au travail avant l'arrivée des ouvriers. Une façon de reprendre l'avantage. De marquer son territoire. Tout à l'heure les engins reviendront. En attendant il a l'illusion que rien n'a changé. Quand il tourne le dos au chantier, il voit ce qu'ont vu Brun et Léonce toute leur vie, les mêmes étendues de terre, les mêmes collines intouchées, les forêts de sapin recouvrant les sommets. Et ce soleil encore timide qui fera plus tard le blé printanier. Mo pense qu'après tout ce ne sera peut-être pas si terrible, quand l'herbe aura repoussé au-dessus des tranchées. Il veut se convaincre qu'il s'habituera. Mais chaque fois qu'il vire en bout de sillon, quand la base de l'éolienne se dresse devant lui, il a un haut-le-cœur. La colère cède à la détresse. Un point de côté l'empêche de respirer.

Les Grands Champs forment une belle superficie de terre irrégulière avec des talus aussi traîtres que certains courants de pleine mer pour les bateaux. Par endroits il faut tenir ferme le volant afin de ne pas verser. Le tracteur est bringuebalé de droite et de gauche. C'est une lutte de chaque instant. Tracer des sillons rectilignes est une épreuve de force. Il doit descendre sans arrêt de sa cabine, enlever les pierres qui remontent des profondeurs du sol malgré les labours réguliers, malgré les déchaumages et l'arrachage des mauvaises herbes qui défient le blé. Mo sait toutes les nommer, les renouées à feuilles pointues, les mercuriales, les arroches. Il les repère cent mètres à la ronde. C'est sa seconde nature. Dans les parcelles qu'il cultive sans chimie, il les laisse prospérer. Mais ici aux Grands Champs, le blé règne en maître. Pas de creux, pas de mottes compactes, pas d'adventices. Il faut lui préparer le terrain, faire table rase, s'assurer que l'eau irriguera bien ses racines. Et le moment venu, verser un bouchon de phyto à l'hectare. Sus aux limaces et aux mouches à scie. Le blé d'abord. Ordre de Brun.

Mo est concentré sur sa tâche. Sans cesse regarder devant et derrière, ne pas s'écarter du trait patiemment tracé. Éviter le torticolis. Mo se dit qu'il pourrait continuer les yeux fermés, il connaît chaque centimètre de cette terre, il la connaît comme un amoureux la peau de sa dulcinée. Il n'est pas vieux, pourtant il ne saurait compter le nombre de fois où il est passé ici avec la charrue, la herse, le tracteur, la barre de semis. Chaque sillon est filigrané à ses muscles pareil à un tatouage.

Des muscles il lui en faut de solides pour continuer. Mo a garé son engin, s'est massé les reins. Il a empoigné le râteau à dents de fer et prend le relais de la machine. Bien étaler les semences. Ne pas creuser trop profond, trois centimètres suffiront. Le dos courbé, vieille habitude. Et ce n'est pas terminé. Février s'achève à peine. Mais quand les semis seront en place, prêts à s'offrir au soleil, il devra lancer l'arrosage. En répétant ces gestes, le jeune paysan croit entendre la voix de Brun. Il se sent son fils. Il se sent son frère.

Un bruit l'a fait se redresser. C'est un drôle d'épi qui pointe au loin. Ça s'agite du côté des camions. Les hommes en salopette ont repris le collier. Un trente-huit tonnes se positionne. Mais ce n'est pas lui qui capte l'attention de Mo. Jamais il n'en a vu d'aussi haute. Une grue aux dimensions d'un gratte-ciel. Les hommes ont tapissé le sol de cales en bois pour qu'elle n'écrase pas le chemin à son passage. La scène est très lente mais inexorable. On dirait un ralenti à la télévision. Ou un mirage en plein désert. Mo a stoppé net son ratissage. La grue avance sur ses hautes chenilles. Elle se met en place avec précision, canon démesuré qui tranquillement fixerait sa cible. Quand elle se déploie, sa flèche imposante occupe tout l'espace, un éclair aveuglant. Il n'y a plus sur les hauteurs des Soulaillans que ce monstre articulé qui soulève de ses biceps en fer les cylindres de l'éolienne. Les ouvriers lilliputiens veillent au raccordement de chaque tronçon. La grue pivote sur elle-même, poursuit impassible son jeu de construction. Mo retient son souffle. Posées à plat sur l'aire de stockage, rostres d'espadons géants, les pales attendent le bon vouloir de la grue qui les emportera vers les airs.

10

Brun s'est encore réveillé au milieu de la nuit. Cette fois il n'a pas bougé de son lit. Il n'a pas regardé l'heure au réveil. À quoi bon. Il est minuit passé dans sa vie. Mo doit dormir. Pas question de l'appeler. Brun est seul. Ce qu'il y a de plus lourd en lui désormais, ce sont ses souvenirs. À cet instant il ne sait pas bien s'il rêve ou si les médicaments le transportent dans un ailleurs lointain. Il a l'impression de voler par-dessus les Soulaillans tel un homme-araignée, de remonter le fil de son existence. Le corps qu'il habite n'est plus le sien. Il retrouve celui vigoureux de ses quinze ans, petit homme parmi les hommes, occupé du matin au soir à la corvée des champs. Le voici torse nu, piquant les meules de foin au bout de sa fourche, et descendant son butin à l'épaule jusqu'au fenil. Ses muscles tendus soulèvent chaque fois un bon cinquante kilos. Il y aura de quoi nourrir les bêtes pendant le long hiver.

Mais cette nuit un prénom revient à ses lèvres, Batistou. Des larmes se forment au bord de ses yeux. Batistou. Depuis combien de temps n'a-t-il pas prononcé ces trois syllabes ? C'était le cadet de la famille. Le souffre-douleur de Léonce. Le chaînon manquant entre Isidore et Brun. Un enfant gravement contrefait qui avait grandi de travers, une bosse dans le dos et un bras atrophié. Léonce était au désespoir devant ce fils. « Si c'est pas malheureux, un bon à rien à nourrir quand il y a tant à faire », s'était lamenté le paysan. Batistou s'était accroché à la vie malgré les moqueries et les coups de pied que lui flanquaient les gamins du coin, le peu de temps qu'il avait usé ses fonds de culotte sur les bancs de la communale. Il avait sept ans de plus que Brun. À la différence d'Isidore, il était vraiment petit. Un peu simple aussi. De sorte qu'il souriait tout le temps, se faisait voler et battre chaque fois qu'il sortait au bourg, mais gardait une bonne humeur à toute épreuve qui confinait à la sainteté. Il ne parlait pas bien. Les mots sortaient de sa bouche en pagaille et déformés, provoquant d'incessants quolibets qu'il accueillait en riant de plus belle. « La ferme ! » lui lançaient les sales gosses. Sans rien comprendre il répétait à tue-tête : « La ferme ! » Son travail c'était la basse-cour, les grains pour les poules, la surveillance de l'enclos pour tenir le renard à distance, la réparation du moindre trou dans le grillage. Il s'efforçait minutieusement, la langue tirée, avec des pinces et des tenailles, dès qu'un accroc du fil de fer apparaissait.

Un chagrin ancien assaille Brun. Ce matin-là au lever, personne n'avait entendu le coq chanter. C'est Léonce qui a découvert le carnage. Toutes les poules décapitées. Le coq pareil. Et les oies, les poussins. Aucun survivant. Par où était passé le meurtrier à poils roux dont une touffe au milieu des plumes en bataille signe le forfait ? On n'a jamais su. Le grillage était intact. Le renard avait frappé en toute impunité, comme si une main complice lui avait ouvert la porte du poulailler. C'était horrible à voir, toutes ces têtes ensanglantées, le sol rouge, les viscères en nœuds de serpent, sans parler de l'odeur. Les chiens n'ont rien entendu. Léonce a passé sa colère sur Batistou, avec son nerf de bœuf qu'il a fait siffler dans l'air avant de l'abattre sur les jambes frêles et tordues de ce fils indigne. On n'a plus vu Batistou aux Soulaillans trois jours durant. Quand Léonce a fini par dire à Brun « va donc chercher ton couillon de frère », il était trop tard. Le jeune benêt avait un cœur et son cœur s'était fendu. On l'a retrouvé sans vie dans la rivière en amont vers la combe aux Loups, la veste accrochée à une branche basse que l'eau raclait. Le courant l'avait emporté loin mais pas assez pour qu'il disparaisse corps et biens. Il ne savait pas plus nager que parler, Batistou. On n'a plus jamais prononcé son nom aux Soulaillans. Sans rien dire, Brun récupéra le pantalon de coutil de Batistou, son bleu de travail. Dedans il était serré, mais avec ses frusques sur le dos il redonna vie à son frère martyr, et la vigueur dont il manquait. Batistou repose à présent auprès de ses parents.

Cette nuit son passé se prend pour le présent. Brun a quinze ans et des fourmis dans les jambes. Il est impatient de rejoindre les invités à la communion de la jolie Léa, sa cousine du côté de sa mère, le « bon côté ». Ils ont des vignes dans l'Arbois, une gentilhommière, une auto neuve – ils ne les gardent jamais plus de trois ans avant de choisir un nouveau modèle. Brun a mis sa belle chemise blanche, un costume sombre trop grand pour lui, que sa mère a acheté d'occasion l'année précédente à l'étal d'un marchand ambulant. « La dernière mode de Paris », a menti le camelot, un tergal bon pour les rustauds. À la communion, Brun tombe amoureux de Léa, un astre blond. Elle a aussi des amies ravissantes qui le dévisagent avec curiosité. Il faut dire qu'il jure par son physique, comparé aux garçons de la ville avec leurs manières et leurs mains plus délicates. Les siennes sont déjà dures, ombrées de terre indélébile, à force. Brun a la peau marbrée de soleil, le verbe haut, des façons gauches et brusques au milieu des grandes tables à nappes brodées recouvertes de vases fleuris, de tuiles aux amandes et de dragées. Quand il danse, il écrase les pieds de ses cavalières. Il s'excuse. « T'es qu'un paysan ! » lui a jeté au visage une pimbêche. Il n'a pas su quoi répondre. Bien sûr que c'est un paysan. Il en est fier. Mais sorti de la bouche maquillée de la fille, le mot le brûle comme une gifle.

Le voici humilié. La vie de Brun débute vraiment là. Il collectionne les vexations. Chaque rue de Dole saigne d'une blessure à son amour-propre. Chaque échoppe lui rappelle un moment où il s'est senti rabaissé. À la papeterie on l'a servi en dernier alors qu'il attendait bien avant tout le monde, avant les petites filles modèles, avant les enfants de bonne famille. Chez la mercière, on l'a détaillé de pied en cap avec mépris à cause de ses sabots et de sa veste crottée, un jour de marché où sa mère lui avait commandé trois pelotes de jacquard. Et puis il y a eu Venette, la fille du notaire. Elle, elle l'aimait bien, ce gaillard de Brun. Mais le notaire l'a jaugé du regard et malgré son allure de fier-à-bras, il a dû trouver qu'il ne faisait pas le poids. Qu'il était léger d'argent, de fortune, de conversation, léger de tout en somme. Le bonhomme soupesait l'humanité en maquignon. Pour sa fille, il rêvait d'un autre parti que Brun Danthôme avec ses terres froides et ses gestes mal dégrossis. Il a été question de fiançailles puis il n'a plus été question de rien. Quand il allait chez Venette et qu'on lui servait le thé dans des tasses si fines qu'il en brisa une entre ses doigts, il balbutiait, bredouillait, sentait le feu attaquer son front. Un matin Venette n'a plus voulu qu'ils se voient. Pour la première fois de sa vie Brun a pleuré comme un veau. Il avait envie de s'expliquer avec le notaire qui gérait les sentiments de sa fille à la manière d'un placement. Léonce l'a empêché de faire une bêtise. Il lui a dit que ces gens-là avec col blanc et gilet ne pourraient jamais accepter les gens de leur condition. Et puis il y avait Suzanne – « elle te plaît pas Suzanne ? » –, une fille de la terre comme lui qui ne ferait pas de chichis, qui le dévorait des yeux et lui ferait de beaux enfants avec dix-sept presque dix-huit hectares de dot par-dessus le marché dans les belles étendues marneuses. Il va y penser, à Suzanne, mais à cet instant il a Venette dans le cœur. Il se dit qu'il devrait partir loin de cette terre. Les Soulaillans, mais où est-ce, les Soulaillans ? Nulle part dans le Jura. Pas à côté de Remiremont, pas à côté de Dole. Pas à côté de Dampierre ou de Mont-sous-Vaudrey. À côté de rien.

Partir, vraiment ? Depuis l'adolescence il ne sort plus que rarement des Soulaillans. Il lui faudrait une bonne raison. Il n'en trouve guère. Comme son père, comme tous les siens, il rétrécit son univers. Brun parle à ses vaches, Isidore ne parle plus depuis l'Algérie, Batistou ne parlera plus jamais, ni leur mère décédée il y a trois hivers. Entre eux les gestes suffisent. Brefs. Des coups de menton, de simples regards. Les Soulaillans c'est le monde du silence. Brun peut passer des jours entiers sans prononcer un mot. Pas étonnant, pense-t-il, si Batistou crachait les syllabes dans le désordre. Qui lui faisait la conversation, ses poules exceptées ? Brun a peur de ça. Alors quand il laboure derrière les bœufs, il leur parle. Deux paires d'oreilles même attelées ça fait un auditoire. Il chante de vieux airs chipés à la radio, quand Léonce s'endort sur un programme musical. Brun croit dans l'avenir. Il croit à sa mission sur terre. Il se verrait bien un jour à la tête des Soulaillans. S'il savait faire les phrases pour dire ce qui le travaille, il parlerait de sa solitude. De ce sentiment étrange d'être enfermé en plein air.

Cette nuit il retraverse son âge. Il avait quinze ans et voilà qu'il en a le double. Il a poursuivi son sillon, l'a rallongé sur presque cinquante hectares maintenant que les terres de Suzanne se sont rajoutées. Mo ne va pas encore à l'école, il a sa maîtresse à la maison. Sa mère le nourrit de contes, de chansons, d'images. C'est comme ça que c'est venu, un déclic, un soir que Brun n'en pouvait plus de fatigue et de solitude au milieu de ses champs à ne voir rien d'autre que le vide autour de lui. Il s'est mis à parler tout haut. « Moi l'histoire ça m'intéresse. Et l'économie, ça m'intéresse aussi. Et l'agronomie, sûr que ça m'intéresse ! » Tout l'intéresse et il se retrouve penché sur sa terre comme son père avant lui et une ribambelle de Danthôme qui ont traversé la vie comme des ombres. Brun veut apprendre. Il luttera pour ne pas s'endormir après les heures passées à batailler contre le vent et la pluie et ces fichus épis qui rechignent à se dresser. Ce soir-là pourtant c'était beau ce soleil, sa lumière abricotée qui éclaboussait la vallée jusqu'à la rivière. L'air était moelleux, il s'est senti un instant le roi du monde. Les Soulaillans ressemblaient au jardin d'Éden, pris dans cette clarté ruisselante qui distillait un sentiment d'éternité. Brun a longtemps gardé la sensation d'un bonheur à portée de main en décomposant chaque seconde de ce spectacle. Les blés tissés en un tapis d'or, le lent remuement des maïs, le vert profond piqué d'anémones blanches, dans les hautes prairies.

11

La grue a accompli un exploit. Les trois tronçons de l'éolienne ont été arrimés. Le mât se dresse, puissant, aspiré vers le ciel. La nacelle en fibre de verre a été hissée elle aussi, et les pales fixées autour du moyeu. Le Quintrec a surveillé de près la pose des freins à disque. Si le vent venait à souffler trop fort, l'éolienne doit pouvoir s'arrêter en douceur. Mo remontait une citerne d'eau quand il a vu l'engin dans toute son envergure. Il a eu un mouvement de recul. Cette fois elle est là. Il ne saurait dire s'il la trouve belle ou laide. Il la voit comme un danger longtemps redouté qui a pris racine. Mo a croisé le chef de chantier. Visiblement il voulait engager la conversation. L'homme avait fini sa journée.

— Vous en dites quoi ? a-t-il demandé en ôtant son casque.

— À votre avis ?

— Vous vous y ferez. C'est une énergie propre. Et les études acoustiques sont excellentes. On n'entend rien. Bientôt vous n'y prêterez même plus attention. Vous serez surpris. Elle va se fondre dans le paysage, et les suivantes aussi. Le regard s'habitue. Je connais des gars qui ont une dizaine de machines. Ils jurent qu'ils ne les voient plus. Elles sont là et c'est tout.

— Moi je ne verrai qu'elles.

Mo s'est éloigné. Il lui reste le fumier à charger pour l'épandre sur les champs du haut. Il a attrapé une fourche et jeté toutes ses forces dans le tas nauséabond qui attendait près du cochonnier. Il s'en moque, de la propreté des éoliennes. Elles ont défiguré le paysage, c'est assez pour qu'il les prenne en grippe. Les Soulaillans ne sont plus les Soulaillans. Sa colère reprend le dessus. S'il se monte la tête c'est qu'il a ses raisons. Il a lu des informations sur leurs nuisances. Pas de grands pavés car les journaux semblent hypnotisés par ces symboles du progrès. Mais des articles techniques, souvent touffus, qui démystifient cette illusion.

Mo a accroché la benne remplie de lisier au tracteur puis il s'est mis en route. Il ne peut plus sortir de la cour que par une piste goudronnée. Il se souvient du chemin étroit bordé de ronces. Des ornières après la pluie. De la poussière soulevée par les gros pneus, au plus chaud de l'été. Il préférait. C'était l'univers de son enfance, son décor de toujours. La campagne. Le crottin de Perceval sur le sol, que Brun récupérait dans un sac à patates.

Les ouvriers du chantier qui descendaient vers le bourg se sont bouché le nez en croisant Mo et sa benne pestilentielle. Il a ralenti exprès.

12

Brun est maintenant un garçon de onze ans. Le temps se rembobine encore. Il marche sur un chemin blond. Le soleil éclabousse la campagne. Il marche ébloui à travers les prés et les champs. Dans l'océan cuivré des blés, quelques taches sombres émergent, des dos courbés. En ce temps-là, on bat le grain au fléau, on moissonne à la faucille. Ils sont venus en force des fermes voisines et progressent pas à pas dans la chaleur sans air. Aucun souffle de vent pour les rafraîchir. Les exilés de la ville ne manquent jamais ce rendez-vous. C'est un ordre de mobilisation générale pour les fils perdus de la terre devenus ouvriers ou employés à Besançon, chauffeurs de bus à Dole, portefaix sur les berges du Doubs, apprentis, maçons, préposés, livreurs. Juillet, c'est le blé, et rien d'autre qui tienne, couché en javelles sur la lèvre des sillons avant la mise en gerbes.

Brun n'aide pas encore à la récolte. Il est libre. Il observe le tableau qui s'anime lentement sous ses yeux et s'incruste en lui comme la page en couleurs d'un livre illustré. Il sait déjà les rythmes des saisons. Il aime le soleil car il connaît la longueur des mois dans l'ombre. Il donne son visage aux rayons, et ses épaules et son cou qui seront rouges ce soir mais qu'importe. Personne ne le surveille. On ne s'occupe que du blé. L'enfant des Soulaillans, l'enfant choyé, l'enfant chéri, c'est le blé mûr. Dans une musette de toile, Brun a glissé une gourde et une tartine, un solide morceau de comté avec de gros grains de sel sur le dessus, on dirait des diamants. C'est son fromage préféré, le comté. Son père en fabrique d'énormes meules larges comme des roues de charrette qu'il rapporte de la laiterie une fois l'an. Un fromage de garde, avertit Léonce. Il garde les hommes en vie quand l'envie de vivre est en veilleuse, surtout vers février, les jours sans lumière ni chaleur quand l'hiver vous étrangle de ses mains gelées. Les belles montbéliardes en robe incarnate donnent de l'or plus blanc que neige qu'on transforme en pâte pressée. Une roue de comté sauve une famille entière. Brun a retenu la leçon. Il raffole aussi du morbier que son père et les gars de la vallée fabriquent à la ferme quand les routes sont coupées par le verglas. Impossible de rallier la fruitière. Alors on fait comme on peut. La traite du matin donne la semelle du fromage qu'on protège d'une raie noire, un filet de cendre arraché au cul du chaudron et qui stérilise la pâte. Après la traite du soir on ajoute la partie haute. La marque sombre court au milieu de chaque tranche, pareille à une frontière.

Brun est vivant. Il respire à pleins poumons l'air des hauteurs. Il grimpe jusqu'au promontoire des Soulaillans pour voir le crêt des neiges, le revers des montagnes qu'on appelle le Revermont. Il veut s'assurer que rien n'a disparu depuis la dernière fois. Il regarde loin comme le fera son fils un jour. Il scrute les vertigineuses reculées, les rides des massifs où s'accrochent vaillamment les hauts herbages et, plus bas, la vigne. Son œil balaie les falaises, plonge profond dans la vallée encaissée que ponctue un cirque abrupt de calcaire où naît une rivière, aussitôt avalée par un réseau souterrain de cavernes et de grottes. L'eau ressort plus loin, tenace, rien ne l'arrête, il aperçoit sa courbe moirée dans le soleil. Elle entaille de nouvelles vallées, creuse de nouvelles failles, des flanquements, des combes étroites où le vert le dispute au gris du calcaire et du grès. La reculée de Baume-les-Messieurs, la cascade du Hérisson et son saut de soixante mètres, Brun ne se lasse pas de ce spectacle chaque fois rendu aux hommes quand l'hiver a lâché prise. Il s'enracine par le regard.

Sur le chemin de l'été, pendant que Léonce s'échine, il reste des heures devant les ronciers. Il se remplit la panse à pleine bouche, les mains violettes de jus qui colle aux doigts. Il sent le picotement de la petite barbe des fruits noirs aux grains gonflés de soleil. Parfois une épine se plante dans son bras, quand dressé sur la pointe des pieds, il veut attraper suspendue en altitude une belle mûre trop élevée pour ses onze ans. Les ronces percent sa peau, déchirent ses manches de chemise, éraflures, gouttes de sang qu'il lèche sans stopper sa razzia gourmande. Pour rien au monde il ne battrait en retraite. Il sort un sac en papier qu'il remplit de son butin rutilant. Il se méfie de tout ce qui vole alentour. Son genou a déjà doublé de volume après une piqûre de taon. Plus d'un demi-siècle plus tard, au début de l'été, sa chair enfle toujours au même endroit, mémoire inguérissable, le souvenir qu'il a été un enfant. Son pochon est plein à craquer. Il le double d'un autre sachet pour qu'il n'éclate pas en route. Il cueille de sa main libre des coquelicots et des bleuets pour sa mère. C'est devenu leur rituel. Un bouquet de fleurs sauvages et un gros kilo de mûres que la Thérèse transformera en confiture. Chaque pot enfermera le mois d'août sous une rondelle de paraffine. Brun n'a pas la mélancolie du temps qui passe. Quand les ombres s'allongent, il ignore que les jours, comme la vie, raccourcissent.

L'été continue. On a besoin de lui pour la fenaison. Avec les hommes il est fier de manier la fourche trop grande pour lui, et si lourde. Il remue les foins, les retourne face au soleil et au vent. Les meules de paille se dressent d'un bout à l'autre des Grands Champs, « nos pyramides d'Égypte ! » s'écrie Léonce. Son fils tape dans ses mains. Les Soulaillans font des mirages. Encore deux semaines de vacances pour Brun et le voilà requis pour le regain. Les chaumes ont repoussé dru si la pluie est tombée. Sinon c'est une maigre récolte de courte paille juste bonne pour la litière. Mais on ne laisse rien perdre. Les hommes entament la fauchaison. Brun ramasse à grandes brassées. Il se sent utile. Il faudra ajouter des raves, des carottes ou des navets si on veut préserver la graisse des bêtes à cornes avec cette misère. Une odeur entêtante emplit ses narines. Herbe séchée, parfum de fermentation et de rosée, de fleurs piétinées, et bizarrement de marée haute, comme si la terre se souvenait de la mer. Tout est manuel. Pas de machine à déchaumer. Des bras, rien que des bras. Et c'est sur une carriole que grimpe l'enfant pour rentrer le fourrage à la grange. Un plan incliné mène aux râteliers. Les chevaux sont à la peine pour grimper là-haut sans glisser. Un coup de sabot est vite arrivé. La mort rôde, toujours.

À table le soir, les adultes parlent de la terre. Ils ne parlent que de ça. Il en faudrait davantage. De la bonne terre, pas de vaines pâtures. Léonce est sur une occasion. Une vente aux enchères de parcelles communales. Ça ferait deux hectares et un journal de plus au cadastre des Soulaillans. Qu'est-ce qu'un journal vient faire là-dedans ? se demande Brun. Léonce n'est jamais allé à l'école mais il répond fièrement qu'un journal n'est pas ce qu'on croit. « Alors dis-lui, au petit », s'impatiente la Thérèse, aussi ignorante que son fils. « Un journal, poursuit Léonce d'un ton docte, c'est comme une lanière de terre. Ça représente trente-cinq ares, la surface qu'un bon cultivateur peut exploiter en un jour. Tu vois, Brun, c'est simple. Un journal, c'est ce qu'un homme est capable de travailler avec ses mains dans une seule journée. » Le soir, Brun accompagne son père au pré pour rentrer les vaches. Étincelle, Frivole, Étoile, Fleurette, Duchesse, Colombe. Il connaît leurs noms par cœur. Il les récite encore à Mo qui vient de lui monter son café brûlant. Et un verre d'eau pour les médicaments.

Brun est étendu sur son lit, blanc comme ses draps, deux oreillers dans son dos.

— Tu as dormi, papa ?

Une secousse a ébranlé la carcasse du vieil homme. L'aube se dessine à travers les volets.

— Je ne sais pas. Ma vie défile devant mes yeux. Si je dors, je me réveille plusieurs fois et je me retrouve quelque part au beau milieu de mon enfance. Je perds l'équilibre dans le temps. Parfois je vois ta mère gamine, d'autres fois je la vois qui t'apprend à écrire. Ou alors c'est moi le petit garçon. Je sais que tu critiques mes façons. Mais tu sais, c'était pareil entre mon père et moi. Lui appartenait à la vieille école, celle de l'effort aveugle, du marche ou crève, de la tête baissée sur le sillon. Il était méfiant, vieux jeu, enfermé dans ses idées. Il a fallu les Américains pour qu'il se mette à croire au tracteur, aux barres de faucheuse à deux socs pour soulager son travail et son dos. Nous, on avait besoin d'apprendre.

— D'apprendre quoi ?

— À se connaître. On vivait sur nos fermes comme sur des îles désertes. L'hiver nous ensauvageait. On a voulu en finir avec l'isolement qui faisait de nous des étrangers. Il fallait qu'on se parle, qu'on échange entre jeunes, qu'on se fréquente. C'est humain, non ?

— Et qu'avez-vous fait ?

— Avec nos engins on s'est mis à déblayer les congères. On a salé les routes, scié les arbres qui barraient le passage. On s'est stimulés. On se retrouvait pour des veillées chez les uns ou chez les autres, ou dans des salles municipales qu'on nous louait pour rien si on préparait des spectacles.

— Des spectacles, toi ?

— Oui, moi et les autres. Ça a commencé avec le théâtre. D'abord on nous a pris à la rigolade. J'ai été le premier de la famille à savoir lire. Ta mère avait l'habitude de préparer des scènes avec ses petits élèves. Elle a fait pareil avec nous. Au début on était empruntés. On a déniché de vieux habits qui dormaient dans les greniers. On a pris du plaisir avec la langue, et de l'assurance aussi. Pour s'encourager on chantait "Sois fier, paysan !". C'est sur les planches que j'ai vraiment réalisé qui était ta mère. On répétait *Le Malade imaginaire*. Elle était la servante Toinette, moi Cléante, le soupirant d'Angélique. Chaque soir ma Suzanne me poussait dans les bras d'une autre avec tant de ruse que j'en ressortais toujours plus amoureux d'elle. Parfois on changeait de registre, j'étais ce triple sot de Trissotin dans *Les Femmes savantes*, et Suzanne était la gentille Henriette. On éprouvait la colère, l'injustice, la passion, la bêtise, l'orgueil.

— Tu ne m'avais jamais dit ça...

— Alors écoute bien. Le théâtre nous tournait la tête autant qu'il nous la remplissait d'audace et de fantaisie. Au printemps on avait même un petit bateau qui remontait la rivière. On se produisait dans les villages jusqu'à Ornans. Molière nous a sauvé la vie. Les gens riaient facilement. On les distrayait. Et nous, on s'exerçait à prendre la parole sans bredouiller, à manier les idées d'une voix forte et assurée. Sur ces planches de fortune, on n'était plus des bouseux mais des personnages que le public, un bien modeste public et guère discipliné, applaudissait. On n'était plus des sacs de patates. On était prêts à livrer toutes nos guerres.

— Vos guerres ?

— Oh, te fatigue pas à les chercher dans les livres d'histoire. La première fois où j'ai bloqué une route j'en menais pas large, mais c'était plus le moment de se débiner. Avec deux autres cultivateurs on a déversé plusieurs tonnes de patates qu'on a arrosées de gasoil. Au fond ça me déplaisait, mais ils nous avaient poussés à bout, les gars du ministère, en laissant les prix tomber plus bas que terre. Tant qu'à faire, on a mis le feu à nos récoltes sur la nationale et dans les rues de Lons. "Si c'est pas malheureux", pestaient les petites vieilles qui avaient ouvert leurs cabas dans l'espoir d'une aubaine. Le soir on m'a collé au poste. J'ai pas fermé l'œil. J'ai fait un tel foin que le lendemain matin, ils m'ont sermonné un bon coup avant de me libérer. C'est comme ça qu'on m'a connu dans tout le canton et même dans le département. J'ai eu mon nom dans le journal, et ma photo. C'était qu'un début. Un peu contre ma volonté, je suis devenu le Zorro de la vallée. Quand ils ont laissé tomber le cours du cochon, c'est avec les tracteurs qu'on est entrés dans la cour de la sous-préfecture. On en a déversé du fumier. Une grosse puanteur. Pas de casse mais de la merde partout. Je suis passé en correctionnelle. Trois mois avec sursis. Les copains m'attendaient devant le tribunal avec leurs engins qu'ils avaient hérissés de pointes pour impressionner la maréchaussée. Les mêmes pointes qui ont tué notre Perceval. Je suis ressorti libre. Au département, ils ont consenti à voter une aide pour les petits éleveurs comme nous. C'était un bras de fer sans fin. Après on a pu discuter. On a prouvé qu'on n'était pas des brutes épaisses, qu'on savait faire des phrases et même se montrer accommodants pour peu qu'on nous considère. C'est pourquoi j'ai gardé une tendresse particulière pour les tristes sires vaniteux et bornés de Molière. On en rencontrait tout le temps. Au bout du compte, si on n'aimait pas les curés, ils nous ont paru moins néfastes que les ronds-de-cuir du ministère occupés à notre perte. Leur travail, c'était de nous priver du nôtre.

Brun s'est rendormi d'un coup au milieu de sa phrase.

Mo a arrangé ses oreillers, remonté sa couverture, puis il est sorti sans bruit de la chambre. Quand son père sommeille, ses traits se détendent. Il ouvre légèrement la bouche, les mains posées sur sa poitrine. Un enfant de onze ans.

13

Ils ont fait marcher l'éolienne sur la crête des Soulaillans. La mise en service officielle est prévue pour dans huit jours. Déjà ils font des essais. Les pales tournent. Le vent s'est levé comme un fait exprès. Mo se tient à distance. À force de la regarder fixement, c'est sa tête qui tourne. Il entend un grondement doublé d'un sifflement aigu. Des coups de fouet dans l'air. Des kilomètres de câbles à haute tension ont été enfouis à travers champs. Des panneaux « Danger de mort » sont apparus. Plusieurs schémas montrent comment agir en cas d'électrocution. Les premiers gestes d'appui sur la cage thoracique et l'abdomen. À effectuer en moins de trois secondes. Un numéro est inscrit en rouge, à appeler d'urgence. Ce qui frappe au milieu du panneau, c'est sa flèche noire en ligne brisée sur fond jaune comme un éclair. Et cet avertissement qu'en cas de gel des blocs de glace peuvent tomber des pales, danger. L'équivalent d'un parking de supermarché a été bitumé et enclos devant l'éolienne, défense d'entrer. Défense de tout. La terre arable est rognée, un bout par-ci, un bout par-là. Les buissons d'aubépine ont été sacrifiés, mais au temps des mégawatts sur pied, à quoi bon les aubépines ?

Isidore est très agité. D'habitude il vient dîner. Une fois par semaine, il suit *L'amour est dans le pré*. Il regarde sans s'asseoir, comme s'il allait partir d'une minute à l'autre, mais il reste jusqu'au bout, le regard fixe, un vague sourire aux lèvres. Depuis le début du chantier il disparaît, même quand ça sent l'omelette aux herbes dont il raffole. On ne sait jamais où il est. Mo le voit parfois s'activer sur les terres hautes, ou près de la mare, dans les endroits les plus éloignés du chantier. Il regagne sa grange à la nuit tombée, et là où il dort aucune lumière ne s'allume.

14

C'est Black qui l'a découvert. Le jour se levait à peine. Il était renversé sur le volant de son Massey d'après-guerre, ses roues en travers contre le tilleul des Soulaillans. Là où, à la fin, Suzanne passait des heures à somnoler, un livre ouvert sur ses genoux. Alerté par les jappements du chien, Mo s'est précipité à travers champs. Il a aperçu les ronds jaunes des phares encore allumés. Brun était comme assoupi, flottant dans sa salopette, ses mains amaigries empoignant le volant. Il n'aurait pas eu la force de monter là-haut sur ses jambes. Faute de cheval, le tracteur avait fait l'affaire pour le rapprocher du ciel.

Brun avait dû enclencher la première pour traverser les ornières et les flaques, dans l'odeur entêtante du gasoil. Il lui avait fallu tenir bon pour ne pas tomber. Sans doute avait-il perdu le contrôle, en bout de course, car l'avant du pare-chocs a heurté le tronc de l'arbre. Mo s'en veut de n'avoir rien entendu. Il dormait d'un sommeil halluciné après avoir fumé trop d'herbe. Trois jours plus tôt il y avait eu la première alerte. Brun s'était mis à étouffer d'une toux sans fin. Son fils voulait appeler le Samu mais il l'en avait empêché. « Si je meurs, je meurs », avait-il soupiré à bout de souffle, une fois la crise calmée.

Mo dévisage son père avec la sensation de le voir pour la première fois. Il se sent perdu, inutile et gauche. C'en est fini de Brun sur cette terre. Le grand gaillard reste là incrédule, incapable d'accepter que ce corps figé, creusé par la maladie, appartienne au passé. Quand il le prend entre ses bras, sa légèreté lui fait perdre l'équilibre. Il espérait un chêne. C'est un roseau. De la poche du vieil homme une photo est tombée. Deux adolescents d'autrefois rient aux éclats, saisis dans l'insouciance de leur jeunesse, lui reconnaissable à ses cheveux plantés bas sur le front, brosse noire et touffue, sanglier et taureau ; elle fine, élancée, à peine de poitrine, une gamine de treize-quatorze ans, le regard émerveillé devant toute cette vie qui commence, et cette admiration amoureuse tournée vers le garçon. Mo reconnaît ses parents avant leur mariage. Il voudrait savoir d'où son père a tiré cette photo muette qui raconte leur destinée. Il réprime un hoquet, presse Brun contre sa poitrine et se met en marche. Il respire l'air à pleins poumons, vivant. Maintenant il le sait. Sur les chemins des Soulaillans, entre les linéaments de collines et de haies, il ne sera plus qu'un fils qui a perdu son père. Mais une vérité plus grande encore le submerge. Il n'est pas seulement l'enfant de Suzanne et de Brun. Il est l'enfant du pays.

Dans l'obscurité finissante, alors que les premiers éclats de l'aube réveillent la campagne, il observe le visage de Brun. Des taches sombres entourent sa bouche fermée. Il a dû avaler une cuiller de gelée de framboises avant de sortir, un coup de fouet avant l'ultime ascension.

En dévalant le chemin, son chien furetant devant lui la queue dressée – c'est fête, une promenade de si bon matin –, Mo prend soin d'éviter la trajectoire des bulldozers. Une deuxième éolienne sortira bientôt de terre. Celle-là, Brun ne la verra pas. Serrant son corps inanimé, le fils a la sensation de perfuser son père de sa chaleur, de son souffle qui blanchit l'air frais de jets pâles et saccadés, pendant que ses longs cheveux forment sur le visage de Brun un rideau protecteur. Au moment de le soulever, il lui a semblé qu'un regard les observait à travers les feuillages. Un jeune chamois aux petites cornes noir ébène. À présent il s'enfuit.

À l'approche de la ferme, Mo croise les ouvriers du chantier. La plupart poursuivent leur tâche sans leur prêter attention. Seuls les jeunes Algériens ôtent leur casque et baissent la tête. Mo les ignore. Il ne voit que son père plongé dans son dernier sommeil. Il sait ce qu'il lui reste à faire, une fois Brun délicatement allongé sur son lit. « Je t'emmènerai où tu veux », murmure-t-il. Après les cérémonies d'adieu, c'est avec une urne que Mo remontera. On n'enfermera pas Brun dans le caveau familial. Il se fondra avec le blé qui danse, avec le vent espiègle. Il sera le soleil du printemps qui fleurit au bout du champ, l'aile du papillon, la paille collée au chapeau. Il sera l'air qu'on respire.

III

Destruction

Printemps neuf
Quand fond l'eau glacée des montagnes blanches

VIRGILE,
Les Géorgiques, Livre I

1

Des semaines que Mo ne descend plus à la ferme. Il a fait le tri de ce qu'il voulait emporter. A plié les vêtements de Brun, les a entassés dans l'armoire de sa chambre. A enlevé les draps du lit, recouvert son fauteuil d'une toile de lin, et aussi le canapé du salon. De grands tissus blancs. Une assemblée de fantômes. Il a tiré volets et rideaux, a baissé le chauffage au minimum. Brun disparu, Mo a élu domicile sur les hauteurs, son camp retranché, dans l'ancien poulailler de pierre qu'il a agrandi et aménagé avec l'aide patiente et silencieuse d'Isidore. Il en a fait son gîte et son refuge. Les deux hommes ont posé un plancher de récupération, installé un poêle à bois. Ils ont aussi monté la vieille pendule comtoise avec son chapeau de gendarme et son balancier de cuivre. Ils sentent le temps passer. Ils ont apporté des habits légers, des chapeaux de toile, ils verront bien en hiver si le froid les ramène à la ferme. Au début, Isidore venait dormir un soir ou deux dans la semaine. Maintenant il a pris racine. Mo le voit arriver à la nuit tombante, ou plus tard, au moment de dormir. Isidore a toujours l'air en fuite.

L'ancien poulailler est situé sur la partie épargnée de la propriété. De là c'est à peine si on devine la présence de l'éolienne. Quand il ouvre sa porte, Mo ne la voit pas. Il la sent. Mais s'il dirige ses yeux légèrement vers le sud, là où jaillissent avec avril des gerbes d'oiseaux, il sait que le paysage de son enfance a été malmené. Que des arbres ont été rasés. Alors il se contente de regarder en face de lui, et là, rien n'a changé. De son repaire il domine tout le pays. Il devine les combes loin devant, les reculées du Jura, Baume-les-Messieurs, Blois-sur-Seille, les méandres de la Loue et ses rapides où filent les billes de bois, et en contrebas les terres à vignobles qu'entaillent les vallées profondes, la falaise du Revermont. Le matin, dans le jour naissant, il s'adonne aux gestes qui le faisaient moquer par Brun. Il inspire profondément, avale la lumière toute neuve. Puis souffle la poussière de la nuit, la cendre des soucis. À travers son corps délié passent l'énergie de la terre qui monte vers le ciel, l'énergie du ciel qui descend vers la terre. Il se remplit encore des couleurs du jour, du bonheur de l'instant. Bien campé sur ce sol qui l'a vu naître, il ressent en lui des sources bouillonnantes qui libèrent la vigueur des reins et des épaules. À cet instant il puise la force, le courage, l'envie farouche d'être ici.

Ses chiens l'observent avec une curiosité inquiète. Black est apparu un matin il y a sept ans aux Soulaillans. Un chien sans collier. On n'avait pas besoin de lui mais lui avait besoin d'affection et d'une gamelle pleine. À sa façon de grimper aux échelles et d'attraper au vol tout ce qu'on lui envoyait, il semblait dressé pour le spectacle. Son regard intelligent et doux virait au sombre s'il se sentait menacé. Il s'aplatissait au sol, oreilles basses, crocs sortis. Brun pensait qu'il avait été battu. Qu'il s'était enfui d'un cirque de passage à Dole ou dans les petits bourgs du pays. On en avait fait un vacher. Un jour qu'il avait laissé son sandwich en bout de champ, Brun avait eu la surprise de voir Black le lui rapporter délicatement serré entre ses dents, sans toucher au blanc de poulet qui devait lui exciter les narines. Il l'avait rendu intact au paysan ébahi qui, en récompense, avait partagé son casse-croûte avec son incroyable chien.

Deux mois ont passé, trois mois, quatre. Le temps file et pas la douleur. Le goût aigre de ce qui reste sur l'estomac, les mots que le fils aurait voulu dire au père, qui n'ont pas franchi ses lèvres. L'imminence de la mort les aura rapprochés, il se dit ça pour se soulager. Une scène lui revient le soir, quand ils dînent d'un potage avec Isidore. Brun ne terminait jamais son assiette sans jeter dans sa soupe un trait de vin rouge. Cette habitude lui venait de ses cousins de Charente qui ne manquaient jamais une occasion de « faire chabrot », comme ils disaient. Mo n'aimait pas ça et quand son père voulait le forcer à rougir son bouillon, il mettait les mains sur son assiette en signe de refus. Brun n'insistait pas mais remâchait sa déception. Comment son fils pouvait-il ne pas aimer ce qu'il aimait ? Mo s'en veut à présent de n'avoir pas partagé ce rituel. Ils se seraient mieux compris, peut-être.

L'hiver a fini par lâcher prise. On reconnaît le printemps à la musique de l'eau dans les gouttières, aux branches de tilleul qui s'ébrouent au sortir d'une longue torpeur, aux chatons dans les aulnes, au retour des hirondelles. Cette remontée de sève galvanise Mo. Il a refait le toit de son nouvel abri, chaulé les murs intérieurs, calfaté les fenêtres. Appris à ne plus regarder au sud où l'éolienne est plantée dans l'horizon. Elle est devenue son obsession, son idée fixe. Le mât surgit partout du néant. Il rabaisse les plus grands arbres, toise la nuit de son œil toujours ouvert dans le moyeu du rotor. Dressée sur sa pointe, hautaine et nonchalante, la pale semble percer le ciel. La deuxième éolienne va bientôt éclore sur la ligne de crête. Déjà le pylône est installé. La cohorte des bulls ouvrira une nouvelle brèche sur les chemins encore épargnés. Le contrat signé par Brun prévoyait une à trois machines. Ce sera trois. Avec une option pour cinq, à discuter. C'est tout vu. Mo se souvient de l'image du trois-mâts. Le promoteur n'était pas à une illusion près pour vendre sa ferraille.

Une force le retient aux Soulaillans. L'appel de la terre. C'est plus fort que lui, ce besoin de rester. Il ne se l'explique pas. Ne cherche pas pourquoi. Même une femme ne le ferait pas partir, l'amour d'une femme. Là-haut, c'est son univers. Il n'est en paix que sur ces reliefs tourmentés, avec leurs aurores d'un rose cristallin. S'il ne sait rien du monde, il sait que nulle part le monde n'est plus beau.

L'autre jour il a remonté de la ferme le bec d'oiseau. C'est comme ça qu'il l'appelle. Un os antédiluvien avec un grand trou dans sa partie large, que Brun avait déterré aux Grands Champs après la tempête de 1999. Trop épais pour être humain, mais qui pourrait en être sûr ? Un os à la forme étrange, visiblement taillé comme jadis les masques des médecins de la peste, à Venise, avait noté Suzanne forte de sa culture. Mais l'énigme était restée entière, sans que nul ne puisse identifier une tête de pioche creusée dans un antique os de cerf.

Mo ne sait dire s'il aime la France ou le Jura. Il aime ce maintenant sans cesse recommencé. Le plus beau mot pour lui c'est aujourd'hui. C'est son jour préféré, aujourd'hui. Celui qui éclôt chaque matin aux Soulaillans. Mais depuis l'ouverture du chantier il craint chaque lendemain. Une seule éolienne lui empoisonne déjà la vie. Il l'entend la nuit au plus profond du silence. Une vibration dans le lointain. Et quand le bruit semble avoir disparu, il le cherche. Les soirs de grand vent, les pales poussent des cris de baleine. Il n'a jamais entendu de baleine sauf une fois dans un documentaire animalier. Mais il reconnaît ce son. Une plainte aiguë. Il ne veut pas imaginer la présence d'une autre machine, puis d'une autre. Il ne supportera pas.

Ce matin il a marché jusqu'à la grande mare où viennent boire les oiseaux migrateurs. Les oies sauvages qui volent bas deux par deux, lançant leurs cris rauques qu'il voudrait comprendre. Les hérons cendrés avec leur plumet noir, solitaires et à l'affût du moindre rongeur. La grande aigrette blanche que Mo observe à la jumelle pour ne pas l'effrayer. L'an passé au plus fort de l'hiver, il a vu trois échassiers pris dans la glace, incapables d'avancer d'un centimètre. Tapi derrière un fourré, le renard attendait tranquillement que le froid tende son piège. Il ne bougeait pas, ne perdait pas des yeux ses proies condamnées. Il avait tout son temps. Quand les pattes des volatiles se sont figées, le diable roux a bondi. Quelques coups de crocs ont suffi pour rougir l'eau.

Mo s'est avancé près de la rive. Un concert assourdissant a commencé. Combien d'oiseaux sont-ils à piailler pour produire pareil vacarme ? Des centaines, des milliers ? Il a déjà entendu ici un jaseur boréal et six de ses congénères venus de Scandinavie, une année où la disette hivernale les avait privés des fruits de leur taïga. Ce matin le chant est plus grave. L'air vibre et barytonne. Des grognements se répondent d'un bord à l'autre de la mare. Pourtant il ne voit rien. Comme il s'avance encore, sa large silhouette couvrant un coin de la mare, les chants s'estompent. Un mot d'ordre aurait-il parcouru l'assemblée invisible ? Un « chut » par ultrasons ? Mo a compris. Il ne surprendra ni merle ni corbeau. C'est une philharmonie de crapauds qu'il entend, un chœur de grenouilles, de celles qui surgissent parfois à l'approche du tracteur, avant que l'énorme roue ne déchire l'eau grise d'une flaque. Mo a levé la tête. Il sait distinguer le chant tonitruant du calamite de celui du sonneur à ventre jaune, plus aigu. Ou du crapaud accoucheur qui transporte ses petits entre ses pattes. Pas besoin de diplôme. Juste de savoir écouter. Et se souvenir. D'ici, le paysan n'aperçoit nulle part l'éolienne et son ombre portée. Le concert peut continuer. Mais retournant à son refuge, il a trouvé un chardonneret mort au pied du fût métallique. Il l'a pris au creux de sa main. A caressé son duvet. Ses plumes cuivrées.

2

Ce soir Isidore a rejoint Mo dans son refuge. Il est arrivé tout essoufflé sur les hauteurs des Soulaillans. Il n'a pas trop de poids à monter. Il est tout en squelette. Beaucoup de ce que sait Mo, ferrer un cheval, barbeler les prés, planter les semences de légumes, araser les mottes, battre et gerboyer les blés, c'est Isidore qui le lui a appris. Juste par les gestes. Une histoire sans paroles. Depuis trente-sept ans qu'il le voit matin et soir, Mo s'appuie sur ce taiseux au grand cœur dont le visage est un livre ouvert. L'observer suffit pour voir percer chez lui la joie, la douleur, la faim, la colère, l'inquiétude. L'inquiétude surtout, qui barre son front de grosses rides comme des vagues. Parfois pourtant Isidore lui parle. « Parler » est un bien grand mot. Il accompagne ses gestes de sons brefs entrecoupés de rires. Il exprime ce qu'il aime, ce qu'il trouve beau ou bon. Ou ce qui le préoccupe. Les deux hommes se comprennent.

Isidore est venu les mains chargées d'un gros cèpe au pied renflé qu'il a déposé sur la table. Il regarde son neveu, ses boucles blondes enchevêtrées. Mo prépare une omelette. Isidore a sorti son couteau de sa poche, déplié la lame. Il gratte le pied du cèpe au-dessus d'une feuille de vieux journal. L'huile frémit dans la poêle. Une odeur d'herbes, d'oignon frais. Mo a cassé les œufs. Découpé la moitié du champignon. Il a salé. Un coup de vinaigre. Des gestes qu'il a vu faire cent fois dans la cuisine des parents. Suzanne au fourneau. Brun le nez piquant dans son assiette. Mo a coupé de grosses tranches de pain. Il connaît les habitudes de son oncle. Des habitudes empruntées à Léonce qui ne quittait jamais la table sans bourrer ses poches de pain qu'il chipait dans la corbeille d'osier. Le réflexe des anciens déportés. Un réflexe qu'il garda jusqu'à sa mort. Les petits larcins de Léonce n'échappaient pas à Isidore encore gamin. Alors lui aussi s'était mis à chaparder des bouts de pain à la fin des repas. Il filait à la tâche sa veste gonflée de tartines. C'est encore sa manière de penser à Léonce, à la déportation, au sens de son existence.

L'odeur d'omelette envahit la pièce. C'est cuit. Un tapis de mousse jaune, rehaussé de lamelles sombres au fumet de sous-bois. Ils mangent en silence. Un jeune écureuil sautille au bout du champ. Arrondit l'air avec sa queue. Grimpe dans le tilleul en trois bonds.

3

Ça recommence. Une nouvelle piste d'accès attaque la colline. Les chauffeurs s'affairent. Le sol est trop meuble. Les engins à chenilles aplatissent la terre. D'autres la scarifient avec de larges râteaux à dents pointues. Les dameuses la rendent compacte. Une épaisse fumée blanche décolore les haies et fait pâlir le paysage alentour. Un mélange de chaux et de ciment qui vient durcir la surface. Puis des malaxeurs entrent en scène avant la pose d'un macadam. La dernière fois, les camions se sont enfoncés. Cela a retardé l'avancée du chantier. Alors par précaution ils ont remis une couche bitumineuse. Dix centimètres d'épaisseur en plus. Du goudron bien noir, qui pue cinq cents mètres à la ronde surtout quand ça souffle de l'est, mais au moins il recouvre les nids-de-poule. Dès que les convois s'ébranlent, Mo sent de mini-tremblements de terre, des blindés sur le sentier de la guerre. Encore une portion des Soulaillans qui ne va plus respirer. En élargissant les axes de circulation, ils ont arraché les buissons de grande berce, avec leurs feuilles pennées qu'il donne à ses lapins, en complément de la paille et du foin. Ce qui compte pour les conducteurs c'est d'écarter les obstacles. De tout aplatir. Peau de terre contre pots de fer. Les massifs de cornouiller sanguin n'ont pas résisté au passage des gros camions chargés de ferraille. Mo a senti sa gorge se serrer quand il a vu les branches rouges disparaître sous les chenilles. Il s'est souvenu des paniers que Suzanne confectionnait avec ce faux osier, sécateur dans une main, pelote de fil dans l'autre, pour réunir les tiges en de petits nœuds bien serrés. Au printemps, le rouge des cerises se mariait au rouge du cornouiller.

Hier soir Mo est descendu au village pour une réunion d'information. Un collectif anti-éoliennes qui s'est constitué dans la vallée. Ce qu'il a entendu l'a déprimé. Il ne raffole pas des assemblées. Les gens disent souvent n'importe quoi pour se faire remarquer. Il s'est tenu en retrait. N'a pas pris la parole. S'est contenté d'écouter. Les recours juridiques, les procédures à n'en plus finir, la paperasse à remplir, ce n'est guère pour lui. Il est remonté avant la fin. Avec en tête les images du petit film qu'ils ont projeté sur un mur de la salle communale. Il s'ouvrait par une musique conquérante, des vues d'hélico montrant douze colosses de fer aux pales dressées. Le commentaire égrenait des chiffres édifiants, des tonnages de béton et de fer, de fibre de carbone et d'alliages modernes, des milliers de foyers servis en électricité grâce aux turbines. Mais après cette propagande apparaissait un paysage désolé. La musique changeait, inquiétante. Des tambours au son funèbre, et à perte de vue un cimetière d'éoliennes en plein désert de Californie. Quinze mille squelettes plantés là, abandonnés. Sans personne pour les démonter.

« Les hélices des éoliennes sont attachées quatre mois par an pour protéger les oiseaux migrateurs, disait une voix off. À cause des turbines, on dénombre dix mille décès annuels d'oiseaux. Des centaines d'aigles dorés, de chevêches des terriers, de crécerelles d'Amérique, de faucons. » Le père Goron, un vieux de la vieille, exploitant dans la plaine, s'est écrié que tout ça c'était magouilles et compagnie. « C'est des machines à viande hachée », a-t-il tonné de sa grosse voix de fumeur. L'assistance a ri puis la gravité a repris le dessus. « Le matin je trouve des familles de chauves-souris entières écrabouillées par les rotors, une sale engeance je vous dis. » Un autre participant s'est levé. Il a parlé d'une hécatombe de rapaces, de cigognes, de grands planeurs, pas loin d'ici, dans une ferme d'éoliennes du Doubs où ils ont implanté les plus hauts mâts du pays. « C'est les cigognes blanches qui meurent, a dit l'homme. Avant, elles se blessaient aux lignes électriques mais elles en réchappaient. Maintenant elles arrivent épuisées d'Allemagne ou de Hollande et se font happer d'un coup. Ils nous les montrent pas à la télé, mais elles tombent comme des mouches, raides mortes. Vous verrez qu'elles finiront par contourner nos crêtes et c'en sera fini de leurs haltes sur nos clochers au printemps. Bientôt nos gamins ne sauront plus à quoi ressemble une cigogne ! »

Mo n'a pas voulu en entendre davantage. Il ne tolère pas qu'on s'en prenne aux oiseaux. Il se souvient de ce que disait Brun. « Nous autres les hommes on en veut toujours plus. C'est notre grande différence avec les oiseaux. » Il est rentré à la nuit au refuge, se guidant à la flamme de son briquet. Qu'il a vite éteinte. Les chemins poudreux des Soulaillans, les sentiers rescapés, il les connaît par cœur. Pas comme ces avenues bitumées que les gars tracent obstinément à coups d'engins Hyundai et Caterpillar.

S'il a quitté la réunion, c'est aussi qu'il a aperçu Célia. Ils se sont aimés, dans leur jeunesse. Elle espérait un enfant. Il a temporisé en disant que son enfant à lui, c'était la ferme. Elle trouvait que ça n'empêchait rien, qu'ils pouvaient élever un petit. Elle a perdu patience. Hier soir, elle était avec son fils de six ou sept ans, et son mari, un éleveur de la vallée à l'air bonasse. Une grande table était dressée au fond de la salle, de grosses planches sur trépieds. Les serveuses avaient installé une belle meule de comté, des monts-d'or dans leur petite sangle d'épicéa, leur croûte rosée. Avec la chaleur, les fromages libéraient leurs parfums surs, mélange d'herbe, de moisissure, de résine. De part et d'autre du buffet brillaient les bouteilles de vin jaune. Elles gardaient la mémoire des étés les plus ardents, leurs couleurs flamboyantes. Mo contemplait avec envie ces promesses de chaleur. C'est en les buvant des yeux qu'il est tombé sur le visage épanoui de Célia, sa généreuse crinière blond vénitien qui faisait se retourner les hommes. Elle lui a souri sans s'approcher, comme à un étranger.

Sa vie aurait pu être douce, avec Célia. Ils s'étaient rencontrés un hiver à la station de Saint-Claude où Mo travaillait pour la saison comme moniteur de ski. C'est à lui que le patron avait confié les parcours en chiens de traîneau, les bivouacs et les courses en raquettes. Le jeune homme – il avait alors vingt-sept ans – était athlétique, et il savait s'y prendre avec les animaux. Les apprentis skieurs se l'arrachaient. Et les skieuses plus encore. Célia s'était inscrite pour une randonnée en raquettes. Mo l'avait bien équipée et ils avaient passé une matinée dans les combes du haut Jura. La jeune femme était revenue si enthousiaste qu'ils étaient repartis le lendemain pour la journée entière. Ils s'étaient extasiés sur les panoramas de carte postale, le silence des sommets. Hors vacances scolaires, les pistes leur appartenaient. Le soir, Mo avait emmené Célia dîner dans une auberge près des pistes. À vingt-cinq ans, elle savait déjà ce qu'elle voulait. Elle travaillait comme auxiliaire de puériculture à la crèche familiale de Dole. Son rêve était d'avoir des enfants, de leur offrir toutes les chances de bien grandir. Petite fille, elle avait vécu dans l'odeur entêtante du bois dont son père faisait des jouets dans son atelier de Moirans. Elle avait raconté à Mo ses éblouissements quand, entre les mains de son père, une branche d'aulne se changeait en poignées de corde à sauter, ou un morceau de hêtre en chat ou en lapin. Le bois ne pouvait pas blesser ni se détraquer. Mo était tombé sous le charme de Célia et un amour était né entre eux sous un ciel sans nuage. Deux ans avaient passé, idylliques. Jusqu'au moment où le jeune paysan avait calé devant l'obstacle. Devenir père, il ne se sentait pas prêt.

La jeune femme lui avait laissé du temps mais elle avait fini par se demander si Mo tenait vraiment à elle. Acculé, le paysan avait lâché cette réponse idiote sur les Soulaillans, comme si une ferme pouvait remplacer un enfant. Ils avaient encore vécu quelques mois ensemble mais un ressort s'était brisé. Célia restait dormir plus souvent chez une amie à Dole, jusqu'au jour où elle n'était plus montée à la ferme. Elle avait écrit à Mo une lettre déchirante. Elle ne lui adressait aucun reproche. Il aurait préféré. C'était une lettre de rupture pleine d'amour et de tristesse. Mo n'avait pas répondu. Il avait quelquefois aperçu Célia au bourg, sans chercher à renouer. Une saison où il avait travaillé comme brancardier des neiges, on l'avait appelé pour un accident sur les hauteurs des Rousses. Le hasard, mais était-ce le hasard, avait voulu leur donner une deuxième chance. La jeune femme au poignet brisé après une mauvaise chute sur la piste verglacée n'était autre que Célia. Mo l'avait sanglée dans son brancard de sauvetage, en veillant à ne pas la secouer durant la descente. Elle avait trouvé que ça lui allait bien, sa combinaison orange avec la croix rouge des secouristes. Il l'avait accompagnée chez un médecin de la station pour une radio. Ils s'étaient dit qu'ils se téléphoneraient, mais aucun d'eux ne l'avait fait. Les années avaient filé. Jusqu'à hier soir où Mo avait pris la nouvelle vie de Célia en pleine figure, avec cet enfant qui tenait dans sa main un ours en bois poli.

Sur le chemin du retour, à deux pas de son refuge, deux gros yeux l'observaient dans la nuit. Une chouette effraie. Mo a respiré profondément, senti ses muscles et ses nerfs se détendre. Le rapace l'a regardé puis s'est envolé. La beauté.

4

Avec le printemps, Mo a monté les vaches à l'estive. Huit montbéliardes, un veau heureux de gambader. L'herbe est grasse. Une citerne remplie d'eau les désaltère. Les piafs y plongent tout entiers. Et les tourterelles leur bec. Mo fignole son refuge. Les encadrements de fenêtres. La tuyauterie du poêle. D'un volet hors d'âge posé sur deux bûches il a fait une table basse. Isidore a pris l'habitude de monter chaque soir depuis que les Algériens sont revenus pour boulonner le pied de la deuxième éolienne. Il les évite avec soin. Dans son regard, l'inquiétude d'un homme traqué. Ça le soulagerait de parler. Mo attend ce moment. Le moment ne vient pas.

Ce soir Isidore est arrivé un havresac sur le dos. Chargé des outils de Léonce qu'il apporte au compte-gouttes. Des serpettes aux manches huilés et des faux à la lame bosselée. Dans une corne de taureau évidée dort la pierre pour redresser le fil des lames. Une musique familière a rompu le silence. C'est la grelottière de Perceval, avec ses douze petits grelots de cuivre accrochés au collier de cuir verni. À leur tintement joyeux, Mo a tressailli. Il a revu cette nuit d'horreur, le poitrail du cheval perforé, les flots de sang dans la nuit, sa plainte, son regard humain. Isidore a aussi rapporté un tas de petits outils d'antan, quand leurs aïeux se brisaient le dos à force de se pencher. Mo examine le croc à botteler, ses deux piques. Combien de bottes de paille sont nées au bout du minuscule instrument, soulevées d'un bras puissant par le vieux Léonce. C'était avant les moissonneuses-batteuses, avant les lieuses, quand le seul carburant était la force de l'homme unie à la puissance de l'animal. « Qui voit ses veines voit sa peine », disait Léonce et il avait tout dit.

Mo s'est arrêté sur le dernier objet qu'Isidore a sorti du sac. L'enfumoir à abeilles du grand-père. Il est comme neuf. On dirait une grosse boîte de conserve. Il observe le cône, la double grille, le bec intact, le soufflet. De quoi désamorcer l'agressivité des ouvrières quand il s'approchera des ruches. La comtoise vient de sonner sept heures. Mo compte les coups qui vibrent entre les planches de merisier. Il aime quand le mécanisme se met en branle. Il l'a toujours connu, il vient de loin, de Brun, de Léonce, d'avant Léonce, un morceau d'éternité. Le mouvement reprend. Trois minutes après l'heure, sept coups encore. S'enfoncer le temps dans la tête.

Devant son refuge, entre deux rangées d'acacias, Mo a laissé pousser des fleurs. Celles que Brun appelait des mauvaises herbes. Coquelicots, pissenlits, mouron dont raffolent les moineaux, chardons des champs, brassées de boutons-d'or. Si Brun voyait ça, il attraperait sans attendre une vieille faux de Léonce et on n'en parlerait plus. Mo a le goût des jardins. Il a une petite idée derrière la tête. Tapisser ses fromages de pétales multicolores. Composer des croûtes fleuries. De la fleur de lin, des pétales de rose, de souci, de pensée, de mauve, de bleuet. Une infusion de parfums sauvages distillés dans la pâte.

La vie renaît. Le vent s'est levé. Le cauchemar revient. Mo entend le souffle de la machine. Une respiration mécanique. Un grand coup de fouet dans l'air qui se répète à rythme régulier. Tchou, tchou. L'éclair laiteux des pales, dans la nuit. L'affolement du ciel.

5

— Mais qu'est-ce qu'il a ce chien ?

Depuis le point du jour Mo s'active. La partie du refuge qui donne sur les prés en pente est encore aveugle. Il s'est mis en tête de percer une lucarne d'où il pourra observer son bétail. Une ouverture sur le printemps. Il a pris les mesures, préparé sa masse. Black jappe en le voyant taper à grands coups dans le mur. Des éclats de pierre volent. Le chien aboie de plus belle. Gigolette s'est planquée sous la table de cuisine. Elle ne demande jamais rien, la ratière. Son bonheur tient dans un os avec du gras au bout.

— Bon chien, lance Mo pour calmer Black.

L'épagneul veut entraîner son maître dehors. Vers le pré. Mo a autre chose à faire. Mais ces aboiements finissent par l'intriguer. Il a posé sa masse. Le chien mordille sa manche, le bas de son pantalon. Ils se mettent en route, Black en tête. Devant eux rien que l'étendue d'herbe verte, une traînée rouge de coquelicots. Et les véroniques de Perse qui pullulent depuis quelques semaines avec leurs robes violettes. Tout est normal. Mo marche jusqu'à l'enclos où broutent les montbéliardes. C'est à peine si elles remarquent sa présence, occupées à tondre la partie humide du pré où les touffes sont plus fournies. Il s'apprête à faire demi-tour quand Black grimpe au plus haut de la pâture. Il le suit et là, il voit.

Une tache brune, immobile. Elle paraît énorme. Le chien émet une plainte aiguë. Le veau est sur le flanc, les yeux fermés. Les mouches ne font pas remuer ses oreilles. Il est mort sans blessure apparente. Pas de morsure. Pas de sang. Pas de trace de lutte. Qui pourrait s'en prendre à un veau ici ? Mo caresse l'animal, constate la raideur à l'encolure. Écarte la mâchoire, examine la langue. Un empoisonnement ? Une piqûre ? La morsure d'une vipère ? En cette saison ce serait étonnant. Black s'est allongé près du jeune bovin, le regarde résigné. Mo se perd dans ses pensées. Le silence s'est abattu sur ce coin des Soulaillans. Mais ce n'est pas le silence habituel, le silence paisible des jours qui succèdent aux jours depuis toujours. Mo entend le sifflement, un bruit de lasso dans son dos. Il se redresse, pivote sur ses talons. Au sommet du talus, le souffle de l'éolienne. Un feulement régulier. Tchou, tchou.

Le vétérinaire n'a pas tardé. Un vieux gars de la classe de Brun. Son nom c'est Diego Alvarez, sa famille est venue s'enterrer ici au temps du franquisme. Fallait le vouloir, avec ce froid. Son père pensait qu'en restant de l'autre côté des Pyrénées ils ne seraient pas tranquilles. Ils ont troqué leurs montagnes contre le Jura. Il aimerait bien passer la main, se rapprocher de ses enfants qui ont fait souche à Besançon. Mais pas moyen de trouver un successeur. La campagne ne fait pas rêver les jeunes. Diego a posé quelques questions sur l'allaitement du veau, sur ses habitudes. Il a vérifié la robe, les yeux, le péritoine, a palpé l'estomac. « Il faudra des analyses », a-t-il conclu dubitatif. La cause de la mort ? Il n'en sait rien. Une malformation, une anémie ? Les résultats du labo en diront davantage. Ils ont chargé le veau dans la remorque. Ça leur a donné une petite suée. Mo lui a proposé un verre. « Vite fait », a répondu Diego.

Le vétérinaire n'est pas dans son assiette.

— Des soucis ? demande Mo.

Ils se sont installés sur la terrasse en bois face au refuge. Une vue imprenable sur les crêtes.

— Tu es le roi ici ! s'extasie Diego.

— Pas pour longtemps, répond le paysan en pointant la première éolienne en action, et la tige de la deuxième.

— Bizarre, fait le véto.

— Bizarre quoi ?

Le vieil homme hausse les épaules. Il ne veut pas trop en dire, ne dit rien. Son hôte le ressert.

— Popop ! (Diego a posé une main sur son verre.) Juste un fond.

Oui, bizarre, tout de même. Hier il était dans une ferme voisine. Même constat. Une vache cette fois. Tombée d'un coup. Pas moyen de la ranimer. Pareil. Aucun signe extérieur. Pas d'ecchymose.

— Un arrêt cardiaque sans pourquoi ni comment, dit le vétérinaire à voix basse, comme si on pouvait l'entendre.

La semaine dernière un autre cas s'est déjà produit. La vache avait tout l'air d'être en bonne santé. Elle a péri en quelques secondes. Ça ne transpire pas trop dans les bourgs voisins mais les langues commencent à se délier. Mo fixe Diego. Un regard qui fait peur par moments, c'est ce que pensait Suzanne, un regard sauvage. Le vétérinaire évoque les aliments, les granulés, des rations avariées, mais sans conviction. Il regarde l'éolienne en plein mouvement. Se tait.

Aujourd'hui Mo n'a pas entendu les engins qui dament les chemins pour attaquer un nouveau versant des Soulaillans. Tout est resté étonnamment silencieux. Un répit. Diego a disparu avec le veau dans sa remorque. Ce fut le seul bruit de moteur de la journée.

Le lendemain matin deux Algériens du chantier montent au refuge. Ils veulent savoir qui a pu faire rouler des blocs de pierre en plein milieu de leur tracé. « Il faut être fort comme un bœuf », dit le plus âgé. Mo met un instant à comprendre. Les enrochements qui bordent une partie du parcours pour les camions ont été mystérieusement déplacés, bloquant l'activité pendant des heures. Ils ont dû faire venir un bull pour déblayer. Une sacrée perte de temps. Sans parler du coût. « Il faut être fort comme un bœuf », répète l'Algérien. Tant que le chantier mangera la colline, les Soulaillans ressembleront à un territoire occupé.

L'expression de Mo s'est durcie. Le jeune ouvrier a baissé les yeux.

— Je n'y suis pour rien, si c'est ce que vous voulez savoir, dit Mo d'un ton plus sec qu'il n'aurait voulu.

— On vous croit, monsieur, répond le plus âgé.

L'autre n'a pas desserré les dents. Ce sont leurs regards

qui se mesurent. Mo n'est pas responsable mais en son for intérieur il se dit qu'il aurait dû agir depuis longtemps.

Les deux gars ont tourné les talons. En regardant vers le refuge, Mo saisit l'air apeuré d'Isidore dont le visage s'encadre dans la fenêtre. Ses mains écorchées, son pantalon déchiré aux genoux.

6

Cette fois Isidore a remonté de la grange une vieille sacoche en cuir. De la grange ou d'ailleurs. Mo ne l'a jamais vue. Quand il est bouleversé, le vieil homme ne contrôle pas ses gestes. Ses mains volent comme des oiseaux par-dessus sa tête, il veut dire d'un coup tous les mots qu'il ne dit pas d'habitude et ça fait un embouteillage pas possible. Mo lui a attrapé les mains et l'a aidé à s'asseoir. Il ne tient pas en place. Il veut ouvrir la sacoche mais ses doigts blessés sont trop agités, qui tirent en vain sur les lanières crantées de la sacoche. « Qu'est-ce que c'est ? » demande Mo. Son oncle bredouille, s'énerve. Le désarroi emplit son regard suppliant. Qu'a-t-il apporté de si important ? Mo défait une première lanière, glisse péniblement la languette de cuir sous un anneau de métal. Il doit forcer. Ça n'a pas dû être ouvert depuis un bail. La deuxième lanière ne veut pas venir non plus. Il a beau tirer, le cuir est raide comme un bout de bois. Il faudrait une pince, ou une paire de ciseaux à lame renforcée. Le temps qu'il réfléchisse, Isidore a attrapé la sacoche et, recouvrant son calme, a fait sauter les lanières fermant encore le rabat. Qu'est-ce qu'il trimballe là-dedans pour que ce soit si lourd ? s'interroge Mo. L'oncle observe son neveu.

Le jeune paysan n'a vu ça que dans les films de guerre. Il n'a pu retenir un cri. Des bâtons d'explosif. Un dispositif de mise à feu. Des pains de plastique. Des fils. Un vieux réveil en guise de minuteur. Une panoplie d'artificier. Il se tourne vers Isidore.

— Que veux-tu faire de ça ? Et d'où ça sort ?

L'oncle recommence à s'agiter. C'étaient les explosifs du grand-père. Ça remonte à Mathusalem. En tout cas à la deuxième guerre. À l'époque du maquis, quand il est rentré d'Allemagne après s'être échappé du travail obligatoire. Léonce faisait passer la ligne de démarcation du côté de Poligny, en zone libre. Et avec cette dynamite, lui et ses camarades détruisaient des ponts sur le Doubs et sur la Loue. C'est ce que Mo comprend du salmigondis verbal d'Isidore. Il n'en revient pas. Lui qui pensait résister, voici que des armes d'un autre âge lui tombent du ciel. Isidore sourit. Il voit que son neveu a compris où il voulait en venir.

— Ça peut encore marcher ?

Isidore secoue la tête. Affirmatif.

— Et tu veux que je m'en serve ?

Cette fois il opine du chef si fort qu'on croirait un automate dressé à dire oui. Isidore fort comme un bœuf.

Mo a refermé la sacoche et l'a rangée dans le galetas, dissimulée sous deux épaisseurs de fourrage bien sec, comme faisait sûrement Léonce jadis. Les mains d'Isidore ont fini par se calmer. Sanguinolentes. Mo a pris du coton et passe du désinfectant sur ses plaies.

— Les rochers sur le chemin, c'était toi ?

Toute la journée du lendemain, la pensée de Mo s'est fixée sur ces bâtons de dynamite, avec leur allure de vieux cigares. Et quand une explosion a secoué les Soulaillans, il a craint que son oncle n'ait commis un acte désespéré. Mais non. C'est à l'explosif que les gars du chantier ont dégagé les derniers rochers qui bouchaient le passage. Le ballet des camions a repris de bonne heure dans un bruit assourdissant. Ils n'ont marqué aucune pause déjeuner. Ils devaient rattraper leur retard. Juché sur une avancée, Mo n'a rien perdu du spectacle. Après tout, c'est eux qui ont commencé, a-t-il pensé. Quand la nuit a fini par tomber, l'éolienne et sa lumière clignotante étaient un phare perdu au milieu de nulle part.

7

Autour du poulailler de pierre transformé en gîte, Mo a créé un jardin à son idée. Bâton en main, il a délimité l'espace, choisi les sols et les graines, un type de sol pour chaque sorte de graine, il a pensé les couleurs, les saisons, la succession harmonieuse des plantes enracinées et des légumes à branchages, ce qui réchauffe en hiver – pommes de terre à chair tendre, navets rosés, poireaux vert céladon –, ce qui rafraîchit l'été – tomates juteuses, concombres à pépins pâles, aubergines aux reflets de cuir lustré. Chaque saison à sa place et à chaque fruit sa saison. Pas de forçage, rien que de l'authentique. De la patience et du soin, de la nuance dans la conduite des travaux. Il a apprêté les parcelles comme un vêtement de haute couture. Pas pour la galerie ou les revues de jardin. L'efficacité avant tout. Nourrir son homme, remplir son ventre de santé campagnarde, feuilles et tubercules. Au plus froid de février, ramasser de quoi préparer dix-sept sortes de potages, sinon pourquoi parler de potager, avec céleri, courge, butternut, ses préférés. Au plus léger du printemps, au plus lourd de l'été quand les orages assiègent les Soulaillans, cueillir le nécessaire pour une salade de tomates agrémentée d'oignons frais et, très important, toutes sortes de courgettes, des rondes, des longues, des jaunes et des vertes, des choux aux larges feuilles, des blettes, des carottes de pleine terre. Des navets en robe violette.

Mo n'a pas seulement la main légumière. Il laisse grandir les groseilliers, les fraisiers, des rhubarbes aux tiges couleur framboise écrasée, toutes sortes de massifs odoriférants généreux en petits fruits qui finiront en confitures sur le marché voisin mais d'abord sur ses tartines du matin, pain de petit épeautre aux senteurs de miel. La nature ne cesse de l'émerveiller. Pour égayer les parois de la cabane où il accroche ses outils, derrière les hauts bidons débordant d'eau de pluie, il a fait pousser des tournesols géants dont les hampes dépassent le toit. Leurs grosses têtes de soleil le regardent quand il s'active. Il ne les coupe qu'en toute fin de saison, quand les fleurs se flétrissent, pas avant. Le long d'un grillage poussent des potirons pas plus gros que des pamplemousses, semblables à des guirlandes. Pour éloigner les oiseaux au moment du mûrissement, il plante de petites poupées de chiffon, sans être bien sûr qu'elles effrayent les gros corbeaux mais au fond il s'en fiche, il les trouve touchantes avec leurs allures champêtres et leurs chevelures de laine couleur paille. Au milieu du jardin se dresse une tonnelle de métal recourbé où court une glycine à grosses grappes mauves. Une bignone aux clochettes orange et feu complète le couvert végétal pour les jours de canicule.

La fierté de Mo, sa source d'apaisement, c'est la prairie qu'il s'interdit de faucher. Les fleurs éclosent en pagaille et les herbes folles sont survolées par des papillons ivres.

Quand elles se couchent dans leur apogée tardif, c'est pour libérer leurs semences en prévision d'autres printemps. En lisière, sur une pente douce, il a planté des mûriers blancs, des cormiers et des alisiers aux baies vermillon. Et aussi quelques pieds d'arbousier raisin d'ours, celui qu'on appelle « l'arbousier traînant » pour ses feuilles qui jonchent le sol. En cas de coup dur, de pâturages trop maigres, ces arbustes fourragers feront l'appoint pour ses bêtes. Oui, il sait depuis son enfance que si l'herbe manque les vaches mangeront les arbres. Elles se jetteront sur les feuilles des sorbiers, des châtaigniers et des noisetiers, et les abeilles feront un sort aux fleurs du robinier mellifère. Les feuillages disparus, il restera le bois de chauffe ou ces branches roides comme la justice qui offraient au grand-père Léonce ses bâtons de marche.

Peu avant la mort de Brun, Mo a fait venir un troupeau de moutons des Highlands, des bêtes rustiques aux cornes en spirale. Elles ne donnent ni lait ni viande, juste une laine brune qui tombe toute seule comme des touffes de barbe à papa. « Ils servent à rien tes moutons ! » l'a moqué un ouvrier du chantier. Le gars n'a pas compris qu'ils sont là juste pour être là. Ils broutent, gambadent, dorment. Cinq agneaux ont vu le jour en mai. Trois ont survécu. Les autres, c'est la renarde cachée en lisière de bois qui les a tués – il faut bien que tout le monde vive dans la prairie, et en mai la naissance de renardeaux l'a rendue meurtrière. Mo regarde ses moutons s'ébattre, indifférents à sa présence. Ce sont des reliques vivantes, des animaux primitifs et farouches dont la race n'a pas évolué depuis l'âge de bronze. On les appelle les moutons de Soay, mais quand il en a entendu parler la première fois au foirail, il a compris « moutons de souhait ». Il a fait un vœu et ils sont arrivés un matin dans une bétaillère depuis Calais. Ils ont détalé dans l'espace qu'il leur avait réservé sans trop s'occuper de lui. Depuis ils quadrillent le terrain, paisibles et grégaires, abandonnant çà et là des lambeaux de laine effilochée que leur tirent les chardons et les ronces. Parfois l'un d'eux croise son regard et le fixe, poursuivant imperturbable sa rumination.

Pour les atteindre, il doit traverser un chemin de terre grasse où aucun engin du chantier ne s'est risqué. Il y avance sur son tracteur, charriant une tonne en acier remplie d'eau. Ses gros pneus laissent des ornières crantées que l'automne remplit de flaques. Il arrive qu'une rainette saute dans l'herbe à son passage quand il gagne la prairie à pied, seulement botté de caoutchouc. Ou c'est un mâle qu'il surprend, le sac vocal gonflé à éclater, comptant fleurette à une dame grenouille émoustillée mais jouant à merveille les indifférentes. Les moutons ne lui prêtent guère attention. Mo aime leur distance. Il aime qu'ils se tiennent à l'écart, que leurs sabots où se fichent les graines réensemencent le sol au hasard de leurs gambades. Il aime leur agilité de chamois, leur goût des falaises et du vide, leur endurance dans le froid, leur tempérament frugal. Et quand il leur jette une poignée de maïs en guise de friandises, il mesure leur liberté à leur nonchalance quand ils avancent vers lui sans se presser, toujours à bonne distance. Mo leur offre ses pâtures en contrepartie de la vie qu'ils apportent aux Soulaillans, les mises au monde des agnelles, le délainage naturel. Comme lui, nul ne saurait les mener en troupeau.

8

Au début Mo ne s'est pas méfié. Pas assez. C'était la fin de l'hiver. La mort de Brun l'accablait. De l'autre côté des Soulaillans, les terres du bas avaient été vendues, comme la plupart des propriétés limitrophes. Une page se tournait sur la combe. Les anciens lâchaient prise les uns après les autres. De nouvelles générations d'exploitants s'installaient, avec leurs méthodes modernes. En février Mo avait aperçu des têtes nouvelles. Des gens qui n'étaient pas d'ici. Il l'avait senti d'instinct à les voir faire, à les entendre parler fort. Ils avaient des grosses voitures. Le propriétaire mitoyen des Soulaillans n'avait pas vraiment l'air d'un homme de la campagne. On disait au village que c'était un gros monsieur de Dole, le patron d'une boîte de poulets et de poissons congelés. Il s'était présenté, avait tendu sa main rose, était parti dans des explications sur le soja qu'il voulait planter à côté. Puis il avait annoncé qu'il relèverait les barrières entre les propriétés là où elles étaient couchées ou manquantes, qu'il prendrait le tout à ses frais. Depuis toujours, chacun ici savait où il était chez lui entre les bornages et les usages anciens. Mo avait laissé dire et laissé faire. Il avait assez de tracas avec les bulldozers et ses chemins qu'il ne reconnaissait plus du jour au lendemain. Une semaine plus tard, des barbelés flambant neufs étaient apparus en bordure des Soulaillans, interrompus tous les dix mètres par de grands panneaux portant cette inscription : « Agroecologia ». Avec dessous, en à peine plus petit : « Ducazeau propriétaire ». De la route on ne voyait plus que ça. On aurait dit une banderole ininterrompue sur près d'un kilomètre. Et aux beaux jours était sortie de terre une bande immense de soja. Du jamais vu sur une telle surface dans la région. Agroecologia.

Mo s'était senti rassuré par cette enseigne, qui valait engagement à ses yeux. Un respect du naturel. Il imaginait ce Ducazeau à grosse cylindrée en *gentleman farmer* sacrifiant à la mode du bio pour offrir aux citadins du tofu à profusion, des steaks végétaux et du lait de soja en briques. Si ça lui faisait plaisir. Après tout il y avait bien des clients pour ces produits-là. La première fois qu'il avait vu les panneaux, il n'avait pu s'empêcher de penser à Brun. Aux pancartes que des inconnus avaient plantées une année devant les Soulaillans, juste sous le nez de son père. Ce n'était pas du travail raffiné comme les enseignes de Ducazeau. C'était une planche clouée de guingois à deux piquets, avec ce mot rageur inscrit en majuscules d'un noir vif : AGRICULT*U*EUR, le tout flanqué d'une tête de mort découpée dans un sachet d'herbicides. Seul le U de tueur était peint en rouge, un filet dégoulinant telle une coulée de sang. Celui de Brun n'avait fait qu'un tour. Il était descendu ni une ni deux et avait flanqué les planches au fossé avant de les charger plus tard dans sa carriole, direction les ordures à brûler. Les gendarmes s'étaient déplacés. Une surveillance légère avait été mise en place. Puis tout était rentré dans l'ordre. On ne parlait pas encore des écolos, et les épandages de pesticides ne défrayaient pas la chronique. Mais Brun avait passé plus d'une nuit sans dormir. Agricul*tueur*, le mot lui était resté en travers de la gorge. Ses erreurs, il avait fini par les payer au comptant.

9

Ce matin quelque chose ne va pas. Mo l'a senti en ouvrant les volets. L'air vibre d'un grondement sourd. Il est déjà tard. Presque dix heures. Il peste d'avoir dormi si longtemps. Hier il a beaucoup toussé à cause des pollens dans l'air. Il n'a pas eu le temps de descendre pour si peu chez le docteur Caussimon. Sans cesse la même rengaine. Revoir l'homme qui a annoncé sa fin à Brun l'a dissuadé de bouger. Alors il s'est préparé une infusion, s'est couché avec les poules.

Mo appelle son oncle. Les deux hommes sortent hébétés, le soleil les plaque au mur, sa chaleur déjà, l'éclat de la lumière. Le grondement s'intensifie. Mo regarde en direction de l'éolienne, mais les grands châtaigniers dissimulent la crête des collines. Il s'avance de quelques pas. La pale est immobile. Le bruit vient d'ailleurs. De tout près.

C'est Isidore qui pointe son doigt vers la façade du refuge. Mo reste interdit. Sur les pierres nues s'est formée une immense tache sombre. Une masse ronflante que les rayons du soleil semblent faire grésiller.

— Bon Dieu !

Isidore a compris, qui est allé chercher l'équipement du grand-père.

La menace est de taille.

— Putain qu'est-ce qu'elles foutent là ? répète Mo.

Une colonie d'abeilles s'est posée contre le refuge. Loin des ruches. Déjà Isidore lui tend la combinaison et l'enfumoir de Léonce. Ensemble ils préparent la décoction. Des feuilles de mélisse, du foin bien sec, une touffe d'herbe bouchonnée pour le goulot. Mo a sorti une ruchette qu'il gardait dans le galetas. C'est une boîte en bois toute blanche, dont il a ouvert le toit. Il a collé aux parois des morceaux de vieille cire noircie. Il avance la petite ruche ouverte au plus près de l'essaim égaré. « Putain qu'est-ce qu'elles foutent là ? » répète-t-il.

Combien sont-elles ? Dix mille, vingt mille, plus encore ? C'est un bruit envoûtant. La fumée blanche monte. Une fumée froide, ça n'énerve pas les abeilles. Surtout ne pas la laisser bleuir, ce serait signe de chaleur. Les abeilles détestent. Quelques-unes commencent à tournoyer. Elles dansent à lui donner le tournis. Sa tête sous le chapeau de protection – il ressemble à un scaphandrier –, ses mains enfoncées dans des gants de caoutchouc, il asperge l'essaim de fumée en suivant le sens du vent. L'émanation atteint la bête étrange plaquée contre les pierres. Il faut être patient. Par petites escadrilles de six ou sept, les abeilles commencent à rentrer dans la boîte. Elles sont encore si nombreuses accrochées au mur que la tache ne diminue guère.

— Ça va nous prendre la journée, peste Mo.

Le vrombissement a faibli. Elles n'ont pas l'air très

vaillantes. Les deux hommes se demandent pourquoi elles n'ont pas regagné leur ruche.

Ils se sont relayés jusqu'au soir et même une partie de la nuit. Il a fallu rallumer l'enfumoir, ne rien brusquer, juste envoyer des petits jets de fumée et attendre que la colonie d'abeilles se rassemble avant de la réintroduire dans sa ruche. Pour passer le temps, Mo s'est roulé un joint d'herbe fraîche. Il en a proposé à son oncle qui a tiré dessus avec méfiance d'abord, puis avec une surprenante assiduité après quelques bouffées. Isidore a murmuré quelques mots d'un vieux patois jurassien, une langue morte ressuscitée dans le halo du cannabis. Mo n'avait jamais lu cette expression sur le visage de son oncle, ses traits tout à coup détendus, apaisés, comme s'il avait un instant oublié ses démons.

Le lendemain matin, la tache sombre a enfin disparu du mur. Les deux hommes encore ensommeillés transportent la ruchette avec mille précautions pour la déposer trois cents mètres plus bas, dans la ruche mystérieusement désertée par les abeilles. Leur trajectoire reste erratique. Plusieurs semblent ivres.

— Elles ne sont pas dans leur assiette, observe Mo, perplexe.

Il a inspecté les autres ruches. Tout semblait normal.

Mo n'était pas revenu ici depuis la mort de Brun. C'était l'univers de son père, le miel. Mais très tôt Brun en avait enseigné les rudiments à son fils, les mêmes secrets qu'il tenait de Léonce, puisés dans la mémoire des combes. Ensemble ils avaient surveillé les couvains, chassé le sphinx à tête de mort et le varroa, les prédateurs d'abeilles qui tuaient sans vergogne nourrices et butineuses. Un jour, son père lui avait même fait caresser un bourdon. Mo n'avait pas oublié le velouté des poils épais. « Un koala volant en manteau de fourrure ! » s'était écrié le paysan ravi de son bon mot, tout en guidant le doigt de son garçon qui n'en menait pas large. Ils étaient partis d'un grand rire, fait de leurs joies enfantines mêlées. Parfois, quand Mo avait bien travaillé en classe, Brun filait aux ruches lui découper du gâteau de miel. Au dessert, l'enfant voyait Suzanne s'approcher avec une assiette remplie du butin doré dégoulinant des alvéoles. Et quand il pressait cet or liquide entre ses dents, une giclée sucrée tapissait son palais, chargée de tous les parfums de la lande, des champs et des bois, avant que la pâte mâchée et remâchée ne devienne le plus délicieux des chewing-gums. Le goût vit encore en lui de ces instants magiques.

Après la mort de Brun, Isidore était monté en secret recouvrir les ruches d'un voile noir, la tradition quand un apiculteur disparaît. À leur arrivée sur place, c'est ce que Mo a vu en premier. Les ruches semblables à des veuves. D'un geste rapide, Isidore a retiré chaque voile. C'était le signal, la fin du deuil. Laisser passer la lumière.

Quelques jours plus tard, remuant son café, Mo met la radio. On parle des herbicides, de leurs effets sur les insectes pollinisateurs. Un expert évoque les graves perturbations des abeilles exposées au Gaucho. Leur rythme cardiaque baisse dangereusement. Un soudain état de faiblesse émousse alors leur capacité à butiner. Le cerveau mal oxygéné, elles ne peuvent plus pomper le pollen à toute vitesse, ni respecter le plan de vol précis qui doit les mener de campanule en colza, de sauge en corolle de lys, avant de suivre l'itinéraire le plus court jusqu'à la ruche. Leur navigation devient aléatoire et si elles parviennent à rentrer au bercail, c'est au prix d'épuisants détours. Des colonies entières risquent de mourir de faim. Mais d'autres dangers les guettent. Le plus connu ? Les trous de mémoire qui les privent de repères. Les abeilles se perdent, et voilà comment elles se retrouvent collées au mur du refuge, à bout de forces.

Mo éteint la radio, le visage fermé. Il a compris. Derrière Agroecologia se cache un agricul*tueur*.

10

Il entend la fourgonnette du vétérinaire qui remonte le chemin des Soulaillans. Il l'a appelé il y a moins d'une heure après avoir fait son tour dans le pré. Comme l'autre fois, Black s'est jeté dans ses jambes en aboyant. À proximité de l'abreuvoir gisait une masse couleur châtaigne. Lisette, la vieille Lisette. La préférée de Brun parce qu'elle n'en faisait qu'à sa tête. Elle restait toujours à l'écart, à brouter les herbes hautes mais aussi les boutons-d'or, les chardons et tout ce qui passait à portée de son museau. Et plus étrange, elle donnait l'impression de sourire. Dans sa jeunesse, Lisette leur avait fait une belle frousse en disparaissant deux jours et deux nuits alors qu'elle était pleine. La fugueuse avait franchi une clôture et s'était cachée dans un bois voisin. Elle voulait vêler seule. Puis elle était rentrée au bercail, au grand soulagement de Brun.

Devant ce corps inerte que plus aucun souffle de vie ne traverse, Mo se remémore tous ces instants avec la vache. Cette nuit Isidore n'a pas dormi au refuge. Il se demande s'il a retrouvé son lit dans la grange du bas. Ou s'il a erré près des cabanes du chantier, où il l'a déjà surpris une fois. En attendant, Lisette a succombé. Arrêt cardiaque, pense Diego qui a commencé son auscultation l'air soucieux. En bon praticien, il a besoin de comprendre. Et il ne comprend pas. Aucune trace de coup, de piqûre, de morsure. Il inspecte les dents.

— Huit ans et demi, murmure Mo.

— Au moins c'est précis ! s'étonne le vétérinaire.

— Il suffit de voir les molaires et les canines, l'usure du broutage. Facile.

Diego hoche la tête.

— Ce sera moins facile de savoir pourquoi elle a péri. Pareil pour le veau l'autre jour. Mystère. Et je n'aime pas les mystères.

Mo observe le mufle de l'animal. Les petits poils sur son mufle. Le trait noir sous ses yeux. Il écarte les mouches autour d'elle. Isidore est arrivé. Il a changé de couleur. Diego ouvre le battant de la carriole. Ils sont deux pour les pattes arrière. Isidore empoigne les pattes avant. La tête de Lisette penche lourdement. Enfant, Mo demandait à Suzanne s'il existait aussi un paradis pour les vaches, pour les chevaux, pour les poules qui donnaient leurs bons œufs mais à qui le renard tendait ses sanglants traquenards – quand ce n'était pas elle, Suzanne, avec le fil aiguisé de son couteau. « Ne dis pas de bêtises », répondait sa mère un sourire jaune avec un rien d'effroi dans les yeux, priant sûrement le bon Dieu d'excuser son fils.

La besogne terminée, le vétérinaire a rempli un certificat pour les services sanitaires. Ils sont repartis au refuge. Mo a sorti trois verres. Ils ont trinqué sans y croire avec un rouge d'Arbois. Isidore, à son habitude, est resté muet. Diego a dit ce qui se racontait dans la région. Deux ou trois autres cas semblables. Rien de probant. Il a mentionné un rapport scientifique que personne n'a lu. On y parle de pollution électrique. Isidore s'est dressé brusquement. Sa chaise est tombée en arrière. Il est sorti en hurlant. Impossible de comprendre ce qu'il disait.

Mo a relevé la chaise. Il a monté le son de la radio qui marche depuis le matin. Pas question d'abeilles. Cette fois ça s'est passé en Nouvelle-Zélande, annonce le présentateur du flash. Le Parlement de Wellington a fini par accéder à la demande du peuple maori, après une bataille de cent soixante-dix ans. Avec ses rivières et sa végétation, le mont Taranaki s'est vu reconnaître les mêmes droits qu'une personne humaine. On l'a proclamé entité vivante et indivisible. Un frisson traverse le corps de Mo.

11

C'est une journée comme Mo les aime. Une harmonie qui s'étire jusqu'au soir. Tout est à sa place et lui au milieu. Féerie de ce qu'il voit, respire, touche, goûte, écoute. Aucun bruit d'engin. Aucun bruit sinon ces cris couplés de deux bernaches survolant le refuge et semant dans l'air limpide leur plainte étrange proche de l'aboiement. Et aussi la chanson du vent dans les feuilles toutes neuves des noyers. Mo va finir par croire que le dimanche, comme le soutenait sa mère, est un jour béni. Le vert de l'herbe, la couleur pain brûlé des toits, les liserons, les papillons – ces pétales volants que Brun n'a jamais appelés autrement que papillasses –, les jeunes lézards en patrouille sur les murs tièdes, des novices de l'année, vert devant mais la queue couleur feuille morte, le tintement impérieux des cloches dans la vallée, dont le battant joue l'*Ave Maria*, qu'il vente ou qu'il pleuve, par beau temps aussi. Le chœur des grenouilles, la danse bleue des libellules.

Mo suit la courbe de la colline, éprouve le vertige de la combe, tout en haut, devine les cascades, les grottes, les vies souterraines de l'eau, le ronflement des abeilles. Les nuages blancs composent de minuscules broderies. Plus tard, avec la montée du soir, ils tremperont dans un bain rose.

L'arc du jour s'est tendu, a envoyé ses flèches de lumière à travers la campagne. Mo a revu la silhouette de Suzanne sur son banc, près de la table d'orientation. Il reconnaîtrait entre mille son port distingué, le cou un peu raide, les boucles de ses cheveux flottant sur ses fines épaules, sa façon de tourner les pages d'un livre. Brun est partout. Mo sent l'odeur du travail sur sa salopette, l'odeur de son rouge préféré, une piquette en vérité. Le parfum de sa pipe allumée, dont Brun envoyait la fumée sur ses abeilles quand il les visitait.

Mo a gardé une curiosité sans limites pour les pratiques agricoles des anciens. Depuis qu'Isidore a déniché un livre qui a appartenu à Léonce – le grand-père n'était pas si ignorant –, Mo le lit consciencieusement, entre deux antiques numéros de *Rustica*. Ce gros manuel l'intrigue. À commencer par son titre en vieux français. *Théâtre d'agriculture et mesnage des champs*, œuvre du plus fameux agronome de son époque, sous le règne de Louis XIII, Olivier de Serres.

Au début de l'épais volume, sur la page de garde, une main appliquée a tracé à la plume violette le nom du propriétaire, Léonce Danthôme. À côté, Mo peut lire ces mots solennels encrés de noir : « Certificat d'études, tableau d'honneur. Pour le ministre Jules Ferry. » Suit une signature encore enfantine, celle de Léonce à quatorze ans, forcément intimidé d'avoir apposé son nom sous celui du grand homme. Écarlate de fierté, il a reçu son prix sur la grande estrade disposée sous le préau de l'école, quelques jours avant les moissons. La date est encore lisible. 29 juin 1913.

Mo fume en lisant la lettre d'Olivier de Serres au roi Henri IV. Il attaque le chapitre premier, « Du devoir du mesnager, c'est-à-dire de bien cognoistre et choisir les Terres, pour les acquérir et employer selon leur naturel ».

Il voit Brun arracher la terre grasse à pleines mains, collante aux doigts, la renifler, la goûter, la mâcher doucement, oui, la ruminer avec plaisir, les yeux mi-clos, ou si la terre est sèche, au contraire, l'effriter entre ses doigts, l'émietter comme poussière d'homme et tordre le nez, laisser tomber le verdict : trop légère pour y lever une récolte. Olivier de Serres lui confirmera bientôt les enseignements de Brun, la chromatique des sols. Du meilleur noir au rouge le plus pauvre, à fuir sans se retourner ; la glèbe fertile, la féconde, la stérile, la graveleuse à fumer en vain, la terre à crever de faim. La cendrée, la tannée, la rousse, et puis la blanche, la jaune, la laide à voir, la puante ou celle de bonne senteur, la pierreuse et l'importunée de rochers. Patience. C'est dimanche. Les bêtes sont repues et abreuvées. Elles dorment debout dans la compagnie agaçante des mouches.

Les Soulaillans portent. Portent les blés, les fruits mûrs. Portent les grappes de la vigne. Portent mémoire d'hommes et de bêtes. Portent bonheur, quelquefois. Le temps œuvre et manœuvre. Les animaux, les terres, les arbres, tous portent la récolte, le lait, le raisin, les pêches, l'espérance, la vie, l'eau de vie.

12

En amenant ses vaches aux herbages Mo a eu un mouvement de recul. Le deuxième mât planté sur la propriété lui est apparu bien plus haut que le premier. Mo a mis la main droite en visière sur son front pour atténuer la réverbération brutale du soleil. Ce n'était pas un mirage. La nouvelle éolienne se voit de très loin, une sorte d'épi métallique monté en graine, sa nacelle juchée à une altitude vertigineuse. Ne manquent que les pales. Il est resté un moment à observer cette anomalie. On dirait une photo truquée, ou un vieux film en noir et blanc aux effets spéciaux grossiers exhibant des monstres en carton-pâte. Pourquoi ce mât est-il si élevé ?

À peine les vaches dans leur enclos, Mo a rebroussé chemin. Il faut tirer au clair ce mystère. Il n'a pas long à attendre. Comme il atteint la partie basse des Soulaillans, il tombe sur Le Quintrec.

— C'est quoi cette tige que vous m'avez installée ?

— Quelle tige ?

— L'éolienne, tout là-haut.

Le bonhomme hausse les épaules.

— Ben, vous le savez je crois…

— Non, je ne savais pas qu'elle aurait cette taille. Personne ne m'en a parlé !

— Pas eu besoin, vous avez accepté, en tout cas votre père.

— Accepté quoi ?

— J'y peux rien si vous lisez pas ce que vous signez. C'est marqué sur le contrat de concession. Moi j'ai suivi des instructions, je les applique, c'est tout.

Mo s'est approché du chef de chantier. Des picotements parcourent ses mains, comme chaque fois qu'il prend sur lui.

— Je ne comprends pas ce que vous me racontez. Cette éolienne est d'une hauteur insensée.

Le Quintrec s'impatiente.

— Écoutez, j'ai du travail par-dessus la tête. On attend les pales demain et la zone de réception n'est pas finie de sécuriser. Justement, c'est du matériel plus long qu'on va monter, il faut aménager l'espace en conséquence. Alors relisez votre contrat et laissez-moi passer.

Le chef de chantier est remonté dans son camion avant de s'engager dans le chemin. Un nuage d'épaisse poussière blanche a jailli du sol. À son regard, Mo l'a senti. Il n'en aurait pas fallu beaucoup pour que Le Quintrec l'écrase d'un coup de volant.

Mo a pénétré avec appréhension dans la ferme de ses parents. Il ne s'y rend plus que pour le nécessaire. Récupérer des outils, de la vaisselle, du linge de maison, et quelques petits crus parfois, dans la cave fraîche sous la cuisine, quand il veut trinquer avec Isidore ou avec personne, juste lui et une fillette d'Arbois – il entend la voix sonore de Brun quand il levait le coude : « Qui boit de l'arbois marche plus droit. » Une fois aussi, Mo a pris le coquillage que gardait Suzanne depuis qu'enfant elle était allée à la mer, une conque mouchetée comme un léopard.

Il s'est dirigé tout droit vers le buffet où Brun gardait ses papiers. Il n'a pas tardé à retrouver le protocole de construction des éoliennes. Il s'est assis dans un fauteuil du salon, n'a pas ouvert les volets, s'est contenté d'allumer une lampe de coin. C'est donc ça. Le document prévoit bien la construction d'une première tranche de trois éoliennes, avec des emplacements pointés au cadastre. Chacune doit s'élever à cent cinquante mètres, pales comprises. Mais un astérisque renvoie à deux lignes imprimées en très petit. Mo doit plisser les yeux et rapprocher la feuille de son nez pour les déchiffrer : « Si le terrain le permet, un ensemble de 180 mètres pales comprises pourra être installé. » Le terrain l'a permis.

Mo range le contrat dans la chemise où il l'a trouvé. À quoi bon l'emporter ? Il sait ce qu'il voulait savoir. Il éteint la lumière, traverse la salle à manger sans un regard pour ces lieux qui ont abrité sa jeunesse. Il accélère le pas. Il est pressé de sortir au grand jour. Il maudit cette époque où le progrès se mesure au rendement du vent. Une odeur s'est accrochée à lui, un parfum suret de brimbelles au sirop que Suzanne préparait après la saison des myrtilles. Elle sortait du vaisselier ciré les coupelles couleur vieil or qui brillaient sous l'éclat du lustre. C'était à qui, de Brun ou de son fils, en mangerait le plus, broyant les minuscules pépins de fruits dans un bruit sourd de mâchoires. Suzanne aurait voulu leur dire qu'ils mangeaient trop vite, mais elle ne disait rien. C'était la vie qui filait trop vite. Mo ne le savait pas encore. La vie s'est retirée, il en surprend les ombres en quittant la salle à manger, emportant malgré lui la saveur confiturée de l'enfance.

Sur le chemin principal, il aperçoit deux hommes en grande conversation. Il est trop loin pour les reconnaître mais après quelques pas, il se trouve nez à nez avec son nouveau voisin Ducazeau qui écoute pérorer Rilleux en tenue de grand apparat. Ils se taisent en apercevant Mo. Puis le promoteur lui demande s'il touche bien la redevance promise pour les éoliennes. Mo fait signe que oui. Il n'est pas enclin à desserrer les dents. Prenant Ducazeau à témoin, Rilleux enchaîne :

— Votre père aura été un pionnier. C'est fort de son exemple que notre ami (il désigne le patron d'Agroecologia) s'est décidé à investir près de chez vous. Imaginez qu'il a signé pour un parc de seize éoliennes. Seize, vous vous rendez compte ? Ça va faire du bruit, croyez-moi !

Réalisant sa maladresse, il ajoute :

— Façon de parler bien sûr.

— Façon de parler, répète Mo en tournant les talons.

Il toucherait bien deux mots à Ducazeau de ses abeilles en perdition, mais quelque chose lui dit que c'est peine perdue.

13

Juste avant la nuit Mo est allé faire un tour avec Black jusqu'à l'éolienne en marche. Elle lui a paru soudain petite comparée à celle qui sortira bientôt de terre. Ses pales tranchent comme les lames coupantes des moissonneuses. En approchant, Mo a trouvé, tombée dans l'herbe, une alouette décapitée. Il a ramassé son corps encore tiède. L'a caressé. Est-ce elle qui a chanté pour lui l'autre matin ? Black s'est précipité en aboyant mais quand il a vu l'oiseau ensanglanté, il l'a flairé d'un air inquiet puis s'est éloigné.

C'est Black qui a trouvé la tête. Il l'a coincée dans sa gueule, l'a rapportée à son maître. Mo a creusé un trou avec ses talons, a enfoui les deux parties du corps, les a ensevelies, avec leur tiédeur sous le duvet. Sensation d'enterrer la vie. Sans s'attarder il est rentré au refuge. Il n'a rien pu avaler. Sauf du vin, trop de vin.

Dans la nuit des visages sont venus le visiter. Le visage buriné de Brun, son sourire de fier-à-bras. Celui de Suzanne, ses traits fins. La trogne d'Isidore dans sa jeunesse, quand sa barbe rousse et son chapeau de paille lui donnaient des airs de Van Gogh. Ce sont des visages flottants tels des cerfs-volants, avec des figures au bout de longues ficelles. Mo s'est réveillé en sursaut en réalisant que son père et sa mère avaient la tête coupée comme celle de l'alouette. Sur le matin, un autre visage est venu le tourmenter. Il a reconnu Célia, sa voix caressante, l'expression qu'elle avait quand elle le chevauchait, au temps de leur amour, sa façon de crisper ses doigts sur sa poitrine, d'effleurer son visage avec ses boucles blondes. Elle fermait les yeux. Mo gardait les siens grands ouverts pour la contempler, si belle avec ses expressions d'abandon, ses gémissements qui montaient comme une tempête. Il ne comprend toujours pas comment un enfant n'est pas né de leur amour, pourquoi le fils de Célia n'est pas son fils. Lui reviennent alors des images de leur première virée en traîneau tiré par des chiens, il y a dix ans. Le souvenir reste vif. Des éclats de bonheur, des braises mal éteintes.

Parfois sur le matin, il se réveille le sexe dur, douloureux de désir brûlant, avec la sensation du corps de Célia contre le sien. Son cœur s'emballe. Il est prisonnier de son envie. Célia le chevauche à nouveau, lui murmure de continuer, encore. Plus le plaisir monte et plus le visage de Célia se tord, se décompose, se déchire dans l'obscurité de sa chambre. Quand il rouvre les yeux elle a disparu. Il est seul. Reste son cœur au galop. La main poisseuse. Le sexe idiot. Dans ces moments-là il voudrait le trancher comme la tête de l'alouette au fil de l'éolienne.

14

Ce matin tôt il est monté sur les hauteurs des Soulaillans. Une brume de première chaleur enveloppait déjà les haies et les sentes jusqu'au vert délavé des prairies. C'est un printemps qui manque anormalement d'eau. Arrivé à la table d'orientation, Mo s'est dirigé vers le banc de Suzanne. Il a pris place, les coudes plantés sur les cuisses. Il ne pensait à rien et pourtant il paraissait livrer bataille. C'était bizarre cette chaleur printanière de bon matin qui jaunissait la nature trop tôt. Black s'est allongé à ses pieds, l'échine parcourue d'ondes nerveuses.

Isidore n'a pas reparu depuis l'épisode de la dynamite. Mo a repéré la sacoche où l'oncle avait rangé son arsenal. Comme hypnotisé il a recompté les bâtons en forme de cigares puis les a mis dans son sac à dos. Tout cela lui semble si extravagant. Après il a marché jusqu'aux Grands Champs. Les blés mûrissent trop vite. La houle des blés. Quand le vent se met à souffler, leur tremblement lui donne le mal de mer.

Il est là, Isidore. Sa faux envoie des éclats de soleil. C'est sa tâche depuis qu'il a l'âge de trimer. La moissonneuse dévore tout, sauf les abords des fossés, les rangées d'épis près des haies. Et les herbes hautes. Celles-là, il les coupe comme jadis, à force d'homme. Isidore a tombé sa veste de coutil et attaque le désherbage. Les pipes froissées de son pantalon le protègent des ronces. Il avance dans l'étendue verte, un éternel mégot coincé entre ses lèvres. Il met du passé dans ses gestes. À le voir, il fauche depuis cent ans, le corps roué, une ceinture de cuir crantée contre son ventre. Il relie aujourd'hui avec hier, dans un bruit sec qui éclaircit la végétation. Son passage dans ce monde tient à cette succession, terre ensemencée, terre pleine puis nue à nouveau, retournée pour les prochaines semailles, terre sèche, terre détrempée, éternel recommencement dont il est le bras séculier. Isidore lance en avant le manche de sa faux tenue par sa potence de bois. La lame arquée siffle dans l'air chaud puis cingle les tiges en trop. La pierre humide à aiguiser fait une bosse dans sa poche. Il garde l'enclumette à portée de main, redresse de temps en temps le fil bosselé du tranchant. Il ne pense à rien. Il fait place nette pour l'espérance.

Mo l'observe, il croit voir Brun en plus grand, en plus vieux. Aussi loin qu'il remonte dans ses souvenirs, il y a son oncle qui fauche. Le balancier immuable de ses épaules. Rien ne change puisque Isidore est à la tâche. Le vieil homme n'est jamais parti en vacances. Pas un jour de repos. Sait-il seulement nager ? Bientôt la prairie se couvre d'une immense chevelure blonde. Les hautes herbes ne sont plus que ce tapis de foin ondulant comme des vagues que le vent coiffe et décoiffe selon son bon plaisir. Cette année mai ressemble à l'été. Deux tourterelles se sont posées au bout du champ. Et une merlette.

Mo et Isidore se sont envoyé un signe de loin. Inutile

de parler. Chacun sait ce qu'il doit faire. Seul dans son champ, Isidore sifflote un air oublié. Ses mains empoignent de plus belle le manche de sa faux. Il avance. Si on le lui demandait, il répondrait qu'il est heureux comme ça. Mais personne ne le lui demande.

Mo a le visage fermé. Ce matin il a décidé de monter jusqu'à la chapelle. Ça l'a pris d'un coup, en revoyant les explosifs. L'odeur de l'herbe coupée le poursuit. Cette chaleur le perturbe. Le manque d'eau surtout. Il porte un sac à dos bien trop lourd. Ce qu'il contient le regarde. L'émotion l'envahit à mesure qu'il se rapproche. Il n'a plus poussé cette porte depuis la mort de Suzanne. Il s'est fâché avec Dieu pour d'autres raisons que son père. Cette année-là, les blés avaient pourri sous la pluie, Suzanne était partie sans une plainte. Écrasé de chagrin, Mo avait fermé le cadenas de sa chapelle en pleine nature, non sans avoir prié pour elle devant l'ostensoir posé sur l'autel de fortune, quelques vieilles briques couleur de feu maçonnées par Isidore, en cachette de Brun. C'était après l'incendie du grenier où Suzanne avait l'habitude de se retirer pour honorer la Vierge Marie. Une bougie qui avait mis le feu dans une chute accidentelle. Suzanne était désemparée. Elle n'avait plus nulle part où égrener son chapelet. Isidore avait eu pitié. D'une cabane vermoulue au-dessus des Grands Champs il avait fait ce havre minuscule, un paradis.

La porte en bois a gémi quand Mo l'a poussée d'un coup de pied. Il avait oublié la fraîcheur du lieu, la pénombre aussi, adoucie par une mince ouverture de part et d'autre de l'autel en bois recouvert d'une étole. Les derniers temps, si elle ne restait pas des heures à lire sur son banc, Suzanne se réfugiait ici. Elle y récitait des formules en latin.

Ses explosifs à la main, Mo a du Virgile sur les lèvres. L'enseignement maternel ne s'est pas perdu. Un jour Suzanne lui a dit qu'un homme était sauvé pour la vie s'il savait l'origine des mots. D'extérieur, n'était la modeste croix plantée sur le faîtage, rien ne laisse deviner ici un lieu de culte. Tout au plus y voit-on un de ces refuges de montagne qui parsèment les pentes jusqu'aux sommets du Reculet ou du crêt des Neiges, vestiges d'une époque où on ne quittait pas ses bêtes des yeux à l'estive, plutôt mourir que d'en perdre une.

La chapelle dort. Autour de lui une chaise paillée, un prie-Dieu, quantité de bougeoirs, une conque craquelée d'eau bénite de taille modeste, une vague odeur de cire. Aux murs, des gravures de la Vierge et de saint Jean-Baptiste, ses longs cheveux bouclés – « mon préféré », disait Suzanne dans un sourire énigmatique. Une croix de bois est suspendue au mur chaulé, avec entortillé aux pieds du Christ un rameau desséché. Mo vient de trouver ce qu'il cherchait. De l'autre côté de l'autel, un placard dérobé où le curé complice venait parfois célébrer une messe basse. C'est bien là. Mo n'a pas eu de difficulté à faire jouer le verrou. Il a posé son sac à dos devant le petit sanctuaire. Il en retire ses bâtons de dynamite et le dispositif de mise à feu qu'il cache avec précaution. En sortant dans la lumière, il fait le signe de croix. Il est en sueur.

15

Elle le toise de très haut. Depuis ce matin elle tourne à toute allure dans le sens des aiguilles d'une montre. C'est une grande première. Dans le département on n'a encore jamais vu éolienne si près du ciel. Les gens du village en tirent fierté, même si des inquiétudes se font jour. On a parlé des Soulaillans dans *La Voix du Jura* et aux informations régionales. Mo est resté discret. Il a refusé le tour en hélico que lui proposait le promoteur plastronnant sur la place du foirail, devant la coop. Plutôt mourir que de s'afficher avec ce beau parleur qui a profité de la faiblesse de son père pour le manipuler.

Mo regarde la grande pale aux flèches laiteuses qui dessine ses arabesques, toujours les mêmes, dans l'air tiède et bleu de ce printemps. Il a repéré un accès à l'arrière. Le grillage de sécurité n'a pas encore été posé sur une dizaine de mètres. Déjà se profile le chantier de la troisième éolienne prévue par le contrat. Elle sera érigée de l'autre côté de la colline, en contrebas, près des cours d'eau qui bornent la propriété. D'autres chemins seront élargis pour pousser jusque là-bas. Une habitude maintenant. Les ouvriers ne prennent plus la peine de demander. Rien ne leur résiste. Pas un obstacle devant eux, plus le moindre rocher pour entraver leur progression. Reddition générale de l'ennemi.

Isidore prend soin de ne pas croiser les Algériens. Il essaie de ne penser à rien. Et si des idées lui viennent sous son chapeau de paille, elles lui disent qu'il a bien fait de ramener du passé les bâtons de dynamite. Mo a désormais toutes les données du problème en main, et la solution s'il le veut.

16

C'est un miracle, disait Léonce. Le miracle des Soulaillans.

Jusqu'à ce jour, le miracle tenait en une observation inchangée d'année en année. Après les poussées caniculaires qui assèchent la campagne, une écharpe de brume s'élevait du sol dans les premières heures du jour. Ce n'étaient pas quelques gouttes de rosée mais littéralement un fleuve aérien qui dépassait même la frondaison des arbres pour s'écouler plus loin au-dessus des cultures. Un gisement naturel que les hautes températures faisaient s'évaporer avant de lui donner le débit d'un cours d'eau en apesanteur, un ruban bleu qui virevoltait. Les radiesthésistes dépêchés sur place, munis de vigoureux bâtons de sourcier, avaient jadis observé cette coulée céleste. Les travaux les plus sérieux avaient établi la présence ancienne d'une retenue d'eau venue des monts du Jura et piégée dans une suite d'enrochements calcaires. Seule la forte chaleur libérait ce trésor unique et soustrayait les Soulaillans aux sécheresses sans merci.

Quelques anciens capitulaires font état de constructions romaines qui guidaient cette eau providentielle vers les champs cultivés, grâce à des canalisations de plomb. L'existence de cette «voie romaine» rassurait Brun. Il pouvait ainsi opposer à la vision miraculeuse de ce tourbillon une cause autrement plus rationnelle qui puisait dans le génie du plus grand des empires avant l'épopée napoléonienne. Fort de cette caution, il ne s'était pas penché davantage sur la question. Les Soulaillans bénéficiaient d'une irrigation naturelle hors du commun, cela suffisait à son bonheur comme à celui de ses blés, de ses colzas et de ses bêtes.

Mo le sait depuis longtemps. La propriété est truffée de pièges à eau, sans qu'il puisse les situer avec précision. Il a déjà vérifié que les précipitations trop brutales ne créaient jamais d'inondations, et que les périodes sans pluie n'asséchaient pas ses terres comme dans les parcelles voisines. C'est en observant la prairie où paissent ses moutons de Soay qu'il a fini par lever une part de ce mystère qui n'en était pas vraiment un. S'ils se plaisent tant ici, c'est qu'ils se croient encore dans le nord de l'Écosse. Une dépression pareille à un énorme cratère borde la prairie. Un trou à eau connu depuis toujours. On pourrait croire aux vestiges de bombardements anciens. Il n'en est rien. Les anciens appellent cette fosse enherbée une noue. Elle serait apparue sur le bras mort d'une rivière. Génération après génération, faucheur après faucheur, on a eu soin de la garder accessible aux eaux d'infiltration qui rechargent les nappes souterraines. Pas d'arbre pour capter la pluie, pas d'obstacle autre que des haies douces aux grives, aux mésanges et aux merles, rien que des graminées perméables qui laissent s'écouler les mannes du ciel dans une harmonie naturelle – spectacle sans cesse renouvelé des gouttes ruisselant le long des tiges et des herbes alors que la terre s'ouvre comme un coffre-fort. Et pas question de tendre un barbelé dans cet espace de liberté. Ses voisins le prennent pour un fou de ne pas protéger sa prairie. Eux se sont empressés d'y installer des fils dernier cri, dotés de lames de rasoir invisibles qui coupent jusqu'au sang maraudeurs et animaux errants. Mo refuse. Entre la rivière aérienne et le trésor des noues, les Soulaillans sont une terre ouverte. Un château d'eau dont ne parle aucune carte.

Aujourd'hui pourtant, quelque chose s'est détraqué. Le mal a dû s'étendre à bas bruit. À présent il éclate au grand jour dans ce mois de mai que les météorologues signalent comme un des plus chauds de ces cent dernières années. Ils parlent d'un épisode caniculaire imprévisible venu de Grèce et de Chypre, où l'on enregistre des températures supérieures à quarante degrés. Une vague intense et précoce qui remonte par l'Italie. Tout à l'heure, l'aube était encore balbutiante qu'une moiteur inhabituelle enserrait déjà les terres. Et l'ascension du soleil sur l'horizon, d'abord pas plus grand que le rougissement d'une cigarette allumée, répandait sur tous les Soulaillans l'air raréfié d'une forge. À onze heures, il est devenu évident que le monde était en perdition. Le monde, selon Mo, se limite aux quarante-sept hectares de la propriété. Et ces quarante-sept hectares suffoquent. La vie s'en va. Les cultures brûlent. Les vaches meuglent. Les chèvres broutent les pentes des fossés où résistent les dernières touffes d'herbe verte, le reste des prés est transformé en de rêches paillassons. Les abreuvoirs se sont vidés. Et quand Mo veut les remplir, rien ne coule des tuyaux. La nappe souterraine est asséchée. Le phénomène d'évaporation observé depuis toujours en période de grande chaleur ne génère plus de cours d'eau céleste. Quant à la noue désertée par les moutons, elle n'est plus qu'un tapis stérile.

Pendant ce temps, le chantier de la dernière éolienne bat son plein. Le convoi exceptionnel chargé des structures lourdes de l'engin a déposé les derniers tronçons de métal, les structures d'acier, quarante tonnes bien pesées qui s'ajoutent aux matériaux d'excavation, en particulier aux quatre cent vingt-cinq mètres cubes de béton. Sur un site spécialisé, Mo a appris que l'éolienne plus haute que les autres était venue d'Allemagne à moindre coût car son constructeur ne parvenait pas à la fourguer dans son pays, du fait de résistances locales. En additionnant tous les matériaux nécessaires à ce troisième dispositif, huit cents tonnes de fondations, cinquante tonnes pour le rotor, moyeu et pales compris, quatre-vingt-dix tonnes pour la seule nacelle, et cent quatre-vingts tonnes pour le mât, la charge au sol frôle les mille deux cents tonnes. De quoi faire basculer l'équilibre de son monde, pense Mo. Le millefeuille minéral qui gardait l'eau près de la surface a succombé sous le mastodonte de métal et ses lourdes fondations. Ce que la nature a mis une éternité à organiser dans un réseau fragile de roche perméable, les promoteurs de l'éolien l'ont écrasé sous des amas de ciment, de ferraille et d'acier.

17

Ce soir Isidore est arrivé tôt au refuge. Avec Mo leur langage est un échange curieux de regards, de clignements et de signes. Eux seuls se comprennent. Isidore ne parle pas vraiment. Il s'exprime de façon lapidaire, un grognement, un haussement d'épaules, une chose qu'il désigne en pointant son bâton dans sa direction. Parfois une parole s'échappe de sa bouche avec force, nette, impérieuse. L'autre jour, quand ils discutaient avec Diego, Mo n'a pas compris ce qui agitait tant Isidore. Il a senti une violence le traverser, une frayeur aussi. Maintenant Isidore est calme. Un bon sourire éclaire son long visage. Quand il l'observe, Mo croit distinguer un mélange de Léonce et de Brun. S'il avait connu Batistou, la ressemblance lui sauterait aux yeux plus encore. Isidore est d'abord le portrait de son jeune frère mort. Surtout depuis qu'il ne parle plus comme tout le monde. Les muscles de son visage se sont affaissés.

Ce soir Isidore est bavard à sa façon. Il raconte à Mo qu'il a vu en rentrant un beau gypaète barbu derrière les Grands Champs, à l'endroit broussailleux où se dresse un monticule de pierres. L'oncle a fait tournoyer le bout de son bâton en l'air, puis l'a lâché brusquement au sol. Le jeune paysan imagine la scène. Il la raconte à Isidore pour lui montrer qu'il a compris. Mo connaît bien ce charognard à l'œil rouge qui fait ripaille de carcasses. Il survole les combes des heures entières, à la recherche d'un bouquetin mort, d'un mouton, d'un cadavre ventre à l'air. Sitôt repéré son festin, il fouaille le corps inerte. Puis, de haute lutte avec les tendons et la peau, il s'empare d'un os, prend de la hauteur comme un voleur et projette son trésor sur un pierrier. Jusqu'à ce qu'il se brise.

— Tu as vu le casseur d'os ? demande Mo en redonnant son bâton à Isidore.

L'oncle opine et le laisse à nouveau tomber. Ses lèvres remuent sans que rien ne vienne, une rumination silencieuse.

— Il a bouffé la moelle d'un mouton, c'est ça ?

Le visage d'Isidore s'éclaire comme chaque fois que Mo traduit ses gestes en phrases. Le forfait est signé. On reconnaît le gypaète aux os brisés qu'il laisse derrière lui. Mais après, le récit est plus embrouillé. Le rapace s'est éloigné. Isidore l'a perdu de vue. Il n'est plus revenu vers les rochers.

— Ou est-il allé ? demande Mo.

Cette fois Isidore perd son calme. Son bâton en main, il indique nerveusement le sud à travers la fenêtre. La nuit arrive. Mo interroge du regard le vieux paysan. Ses traits se sont crispés. Et soudain deux paroles fusent, Mo croit reconnaître le cri de l'autre fois, avec Diego.

— Électricité non ! répète-t-il de plus en plus fort en désignant le sud.

Le nez contre la fenêtre dans l'obscurité qui s'épaissit, Mo aperçoit le halo lumineux de l'éolienne.

18

Il n'a rien dit à Isidore. N'a rien montré.

Il a attendu la nuit.

Il ne sait pas ce qui l'a décidé.

Si, il sait.

Il y a eu ce mâle de Soay qu'il a retrouvé inanimé dans la prairie. Une petite montagne de laine effondrée dans la verdure.

Celui-là il l'aimait particulièrement. Que n'a-t-il fui les ondes invisibles qui l'ont terrassé. Pour la première fois il a pu le caresser, détailler la finesse de ses yeux, la douceur de sa toison.

Mo a creusé un trou à la pelle, ça n'a pas pris une heure de l'enterrer.

Il n'a pas appelé Diego.

Il en savait assez.

Il en avait assez.

Ce qui l'a décidé ?

Peut-être la rivière enchantée soudain évanouie.

Peut-être la cigogne qu'il a surprise arpentant le champ du haut dans l'après-midi. Belle dans sa robe blanche cernée de noir, une cigogne en habit de soirée, l'étui orange de son bec en guise de parure, retrouvée le soir tranchée menu, sa robe éclaboussée de sang. Peut-être encore la nausée à force de voir la grande hélice tourner en rond. Une puis deux, bientôt trois. Lui aussi finit par perdre la tête, à la longue.

Ce qui l'a décidé ?

Peut-être le cri étranglé d'Isidore.

Ou la vision du gypaète barbu qu'il retrouvera demain, qui sait, le corps démembré, les os brisés.

L'image le poursuit.

Briser l'éolienne comme un os.

Mo a renoncé à se rouler un joint. Il a mordu dans une tomate du potager, s'est fait cuire deux œufs au plat arrosés de vinaigre, a avalé un morceau de comté avec un verre de rouge. Il lui fallait prendre des forces et rester lucide. Il a mis la radio en route mais quand il a entendu que ça parlait du célibat des paysans et de leur inclination au suicide, il a éteint. Le mal était fait. Il s'est mis à repenser à Célia, à l'enfant qui lui donnait la main l'autre soir.

Il s'est allongé sur son lit sans trouver le sommeil. Un gémissement de Black l'a alerté. Les aiguilles phosphorescentes du réveil indiquaient bientôt trois heures du matin.

Le voilà sur pied. Son téléphone portable lui tiendra lieu de torche. Il sait comment faire jaillir le faisceau de lumière. Isidore lui a montré les gestes de l'artificier. Ce sera un jeu d'enfant.

Marcher l'a détendu. Il a respiré profondément l'air nocturne. Il ne lui a pas fallu longtemps pour récupérer les munitions là où il les avait cachées, sous le petit autel de la chapelle. Puis il a gravi la côte qui mène à la deuxième éolienne. Fixant l'œil rouge au faîte du mât, un feu clignotant ininterrompu exigé par l'aviation civile. Même ici la nuit n'est plus la nuit. D'un coup de pince il a sectionné le grillage de sécurité qu'ils ont fini par installer. Son pass en métal ouvre sans difficulté la porte d'accès. Un tube interminable. Le rayon lumineux de son téléphone ne monte guère. Il avise les échelons. Il sait qu'il ne verra pas grand-chose mais la tentation est trop forte de se hisser jusqu'à la nacelle. La pleine lune déverse une coulée d'argent sur la nature endormie. Un professionnel n'aurait pas choisi une nuit si claire pour commettre son forfait.

Il a laissé sa musette. Ce n'est pas difficile de grimper jusqu'à la plateforme, avec la force qu'il a dans les bras. Il devine le monument aux aviateurs, et dans la lumière pâle de la lune la joue rêche de la falaise. Sur la gauche, derrière la petite chapelle, une plaque brille à même le sol. Mo n'avait pas réalisé que l'éolienne était si proche du sanctuaire familial. Ce sont deux lourdes plaques de marbre creusées d'inscriptions invisibles d'ici. Il les connaît par cœur. Sur la première c'est écrit « Suzanne Danthôme née Ardanuit, 1946-2003 ». Sur l'autre, « Brun Danthôme, 1944 -... » La date de son décès n'a pas été gravée. Le jour venu, Mo répandra les cendres de Brun aux Soulaillans. Mais pas au milieu des éoliennes. C'est du vivant de Léonce que la famille a obtenu le droit d'enterrer ses morts sur la propriété.

Mo se dit qu'il pourrait ne pas réchapper de l'explosion. Cette pensée crispe ses mâchoires. Il ne veut pas mourir. Il pense à ce qui est arrivé en Bretagne le mois dernier. Deux techniciens réparaient un rotor sur une éolienne quand elle a pris feu. Les gars se sont retrouvés piégés là-haut. Sur les vidéos de surveillance, on voit les deux silhouettes se rapprocher, s'étreindre. Et tomber dans le vide.

Mo redescend les échelons avec prudence. Il n'a pas allumé la lampe de son téléphone. Il y voit assez. Il est quatre heures passées. Les prémices du jour approchent.

C'est maintenant.

Il n'a rien dans la tête.

Seulement la voix de sa mère.

La voix de Suzanne qui lit pour lui la lettre du chef indien Seattle.

Il regarde ses mains qui agissent avec précision.

Comment pouvez-vous acheter ou vendre le ciel, la chaleur de la terre ?

Il a relié les bâtons entre eux.

Les bêtes, les arbres, l'homme, tous participent du même souffle.

Il vérifie le contact électrique.

Tout ce qui arrive à la terre arrive aux fils de la terre.

Il s'assure que le dispositif est invisible de l'extérieur.

Où est l'aigle ? Disparu.

La minuterie est réglée sur 4 : 30. Il aura juste le temps de rentrer au refuge, de se glisser sous les draps et d'attendre l'explosion.

C'est la fin de la vie, le début de la survie.

Les mots du chef Seattle l'atteignent avant le grand embrasement. Éolienne numéro 2 disloquée.

Il s'est endormi comme une masse. N'a rien vu, rien entendu. Sauf les coups violents contre sa porte, des éclats de voix dans un haut-parleur. Il faisait grand jour quand la police est venue l'arrêter. En première page de *La Voix du Jura*, il apparaît entre deux hommes en uniforme avec un air de défi, les poignets en avant, dûment menotté. On ne voit que lui, sa haute stature, ses longs cheveux. Et ce titre qui barre la manchette : « Le Mohican des Soulaillans ».

IV

Délivrance

Que faire pour le bonheur des champs

VIRGILE,
Les Géorgiques, Livre I

1

C'est un jour de pluie à Lons-le-Saunier. Depuis le temps qu'il attendait ça dans ses champs brûlés. Mo enrage de ne pas voir le spectacle magique de la végétation qui revit. Par la fenêtre de sa cellule se découpe un pan de ciel gris hachuré. L'eau s'abat en rafales, fléchettes cinglantes qui finissent de perforer les gouttières lépreuses du toit. S'ensuit un méchant bruit de goulot qui fait trembler les canalisations. Une fuite dans le plafond. Pas la première, vu les auréoles marronnasses qui mangent le plâtre. Des morceaux de terre, de métal et de mousse pourrie donnent à ce brouet une apparence suspecte, on dirait la soupe servie le soir aux détenus. On a enfermé Mo avec Fred, un jeune voleur connu en ville pour ses petits larcins. Un gars au regard doux qui dévisage le nouveau venu avec étonnement. Surtout quand Mo ouvre le gros ouvrage d'Olivier de Serres, le compagnon qu'il s'est choisi quand ils sont venus le cueillir. Avec ses longs cheveux qui tirent sur le châtain clair, on pourrait prendre Fred pour le petit frère de Mo.

— Alors c'est toi Mohican ?

Mo ne répond pas. Une lumière blanche clignote au plafond.

— Faux contact, lâche Fred histoire de parler.

Pour se laver, un simple bouton-poussoir au-dessus d'un lavabo miniature, seulement de l'eau froide. Mo est assommé. Un avocat commis d'office s'occupe de son affaire. On dit qu'il a été jadis un ténor du barreau mais qu'à l'âge de la retraite il s'est spécialisé dans les cas comme Mo. Des types paumés qui se retrouvent un beau jour dans les mâchoires de la justice pour des actes insensés. Il porte assez bien son nom, maître Chance. Daniel Chance.

L'avocat se demande ce que Mo fait là. Casier judiciaire vierge, jamais une infraction, pas même routière. Rien à signaler jusqu'à cette folle nuit où il a fait exploser ce qu'il appelle « l'engin de malheur ». Isidore n'a pas été inquiété. Mo a tout pris sur lui, c'était sa volonté. Être le seul responsable. Il essaie d'expliquer ça à maître Chance, mais Chance aimerait qu'il soit plus coopératif pour lui trouver quelques circonstances atténuantes. La disparition de ses parents, la grande solitude, l'arrogance des promoteurs, la mort mystérieuse de ses bêtes, toutes ces raisons mises bout à bout ne justifient pas vingt bâtons de dynamite balancés dans le bien d'autrui, au risque de tuer quiconque se serait trouvé sur le passage.

— Sur le passage il n'y avait que moi, a répondu Mo.

Première journée avec une sensation de panique qu'il contient en lisant. Il ressasse les images de son arrivée. Le portique de détection des masses métalliques. Le tunnel d'inspection à rayons X. La caméra de surveillance. La traversée du couloir sécurisé vers la zone de détention.

L'écrou et le numéro d'écrou. Menotté derrière puis démenotté. Ses poches vidées, les lacets de ses souliers ôtés comme dans les films de truands. La fouille à corps, intégrale, nu devant un gardien qui l'a fait se pencher en avant pour lui inspecter l'anus. Opération réitérée après le premier parloir avec son avocat, au cas où maître Chance lui aurait fait passer une lame. Du coup il ne veut plus voir personne. On lui a remis son paquetage emballé sous un film de plastique transparent. Il comprend une couverture, une housse de matelas, un drap-housse, un drap plat, une taie d'oreiller, une paire de claquettes, une serviette et un gant de toilette, un torchon, deux assiettes, un bol, un verre et des couverts, un flacon d'eau de Javel, une dose de lessive pour lave-linge, un sac-poubelle. Il a reçu aussi une trousse d'hygiène corporelle qui contient un flacon de shampoing, un flacon de gel douche, une savonnette, un tube de dentifrice, une brosse à dents, un tube de crème à raser avec cinq rasoirs jetables, un peigne, deux paquets de mouchoirs en papier, deux rouleaux de papier hygiénique. Dans un sachet enfin, quatre feuilles blanches, un stylo, deux enveloppes prétimbrées et deux enveloppes vierges – mais il n'a personne à qui écrire –, un bon d'inscription à la bibliothèque. Comme s'il allait passer ici le reste de sa vie. Le regard de Mo se heurte à chaque barreau de la cellule. Il polit ses rêves d'évasion. Pose ses yeux sur un maigre plant de basilic que cultive Fred. La prison.

Une semaine déjà qu'il tourne en rond dans moins de dix mètres carrés. Deux fois par jour il sort dans la cour. Tourne en rond à nouveau, mais le cercle est plus grand.

Il s'exerce à ne pas voir les grillages qui le séparent du ciel, les murs couverts de salpêtre qui bornent son horizon de chaque côté. Il y projette comme sur un écran les paysages familiers des Soulaillans, les chemins creux – mais qu'en reste-t-il ? –, les haies vives, la prairie en fleurs. Suzanne disait que même au plus dur des travaux des champs, il fallait toujours penser aux fleurs. Il imagine ses bêtes, son vieux Perceval, son chien Black, ses moutons aux prunelles impavides, leur laine fumante au ressui, après la pluie.

Le procès n'est pas pour demain. En attendant il va rester en maison d'arrêt. Un lieu où la vie s'arrête. C'est précis, les mots. Sa peine c'est de ne pas encore connaître sa peine. Son avocat ne lui donne aucune date. Ni même l'espoir d'une date. La justice prend tout son temps. Il sait qu'Isidore s'occupe des animaux, de nettoyer l'étable, de charger le foin dans les râteliers. Un voisin s'est proposé pour donner un coup de main si Mo n'est pas rentré avant les moissons. Il ne doit pas perdre patience mais la nuit un poids écrase sa poitrine et l'empêche de respirer. L'angoisse de l'enfermement comprime ses poumons. Le premier soir il a suffoqué. Pareil les suivants. Attaque de panique, a diagnostiqué le médecin, asthme nerveux. L'humidité, le stress, le déracinement brutal. Tout ce béton, tout ce métal carcéral, et à l'intérieur pas un centimètre carré de verdure, sinon ce pied de basilic anémié qui pique du nez.

On lui a fourni un tube de Ventoline. Mais ce ne sont pas seulement ses bronches qui le brûlent. Il sent une barre dans la région du cœur, un étau qui se resserre. Il doit respirer l'air à pleins poumons pour chasser l'impression d'étouffer. La nuit, des cris s'échappent des autres cellules. Des types qui pleurent ou qui hurlent. Plusieurs fois Mo s'est redressé sur son lit en fer. A repoussé brusquement ses draps, essayé de tourner la crémone de la minuscule fenêtre placée en hauteur. Quand il réussit enfin à entrouvrir la lucarne, il avale l'air du dehors comme un noyé. Il écoute alors les bruits de la rue endormie. Guette les cris d'oiseaux, les aboiements, les signes ténus de la vie sauvage au cœur de la ville. Rien ne l'apaise. Il ne veut pas mourir emmuré vivant. Il ferait bien une prière, si seulement il se souvenait des paroles que récitait Suzanne. Il donnerait tout pour sortir de là rien que dix minutes, retrouver les grands espaces, son chez-lui qui reverdit, ses champs, ses prés, les pelouses d'altitude quand il monte à l'estive. Mais plus il s'agite et plus il s'asphyxie. Son cœur cogne de plus belle, il claque des dents. S'accroche à la lumière flétrie des néons qui éclairent la cour. Au-dessus de lui, les filets tendus en hauteur découragent la moindre évasion. Fred l'exhorte à se recoucher. Il lui tend un verre d'eau, une cigarette, l'encourage à retourner dans son lit. Mo finit par s'exécuter. À trois heures du matin, la voix de Fred est la seule preuve tangible qu'il est encore un être humain.

Maître Chance est soucieux. La société de construction des éoliennes évalue le préjudice à plusieurs centaines de milliers d'euros. Il y a bien les assurances mais elles ne marcheront pas pour un acte assimilé à du terrorisme. Mo revendique sa pleine responsabilité. C'est bien ce qui contrarie son avocat. Si encore il présentait les choses comme l'acte d'un désespéré. Mais non, Mo a préparé son coup avec méthode. N'a-t-il pas reconnu avoir caché les explosifs dans l'autel de la chapelle ? Délit aggravé avec usage d'armes de guerre, ça peut aller chercher dans les trois ans. Même s'il reste quelques mois enfermé ici en préventive, il sera bon pour terminer sa peine dans une centrale.

2

Un matin le gardien a ouvert la lucarne de la cellule. « Danthôme, parloir », a dit l'homme en uniforme. Mo n'attendait personne. Maître Chance devait venir le lendemain, s'il avait du neuf. Isidore s'était fait violence pour lui rendre visite une fois. Mo ne voulait pas qu'il revienne. Trop de fatigue, trop de chagrin. Sans compter l'humiliation de la fouille pour le vieil homme. Et que dire à un muet ? Les silences pèsent des tonnes dans un regard coupé par un grillage.

Mo s'est installé derrière la vitre blindée. Personne en face de lui. Ils ont dû se tromper. Il va se relever, se rassoit. En face de lui une jeune femme blonde a pris place. Trente ans à peine. Jamais vu ce visage. Il flaire le piège. Est-ce une manœuvre des promoteurs ? Ou alors une envoyée de Ducazeau qui veut rafler les Soulaillans pour rien ? Jamais, pense Mo les dents serrées. Avant que sa visiteuse ait ouvert la bouche, il demande à rentrer dans sa cellule. Elle le regarde déconcertée. Il n'entend pas ce qu'elle tente de lui dire à travers la vitre avec de grands gestes.

3

C'est la nuit qu'il reprend pleinement conscience. Dans la journée Mo ne sort même plus dans la cour. Il reste prostré sur son lit. Fixe le plant de basilic. Il est absent. Il ne regrette pas son geste et recommencerait pareil si c'était à refaire.

Ce soir comme chaque soir il ne trouve pas le sommeil. Fred dort depuis longtemps, des ronflements profonds et réguliers, récompense de ses longues promenades et de son activité à l'atelier où il peint des petits personnages en plomb, grognards de l'Empereur, poilus de Quatorze et cyclistes bariolés. Le jeune homme a voulu enrôler Mo pour lui changer les idées. Mo a refusé. Pas question d'être exploité. Ce soir encore la panique le guette. Se sentir enfermé lui est chaque jour plus insupportable. Maintenant il tambourine contre la porte de la cellule. L'œilleton s'ouvre. Une lumière violente actionnée de l'extérieur l'éblouit.

— Qu'est-ce qu'il t'arrive ? demande Fred. Calme-toi ! La ferme Mohican !

Mo le fixe, incrédule, comme si Fred parlait de quelqu'un d'autre. Depuis l'article du journal, Mo est devenu

Mohican pour les gens de la vallée. Pour les taulards aussi.

Le bruit des clés. Un coup de sifflet. Trois surveillants pénètrent dans la cellule.

— Tout va bien, dit Fred, il a fait un cauchemar.

Mo n'est pas dans son état normal et l'infirmière n'arrivera que demain matin. Alors les gardiens l'emmènent dans une cellule d'isolement. Cinq mètres carrés. On lui fait avaler un somnifère. Il se recroqueville sur un lit en position fœtale. Il entend la ronde de nuit, le grincement régulier de l'œilleton, une présence qui l'observe. Il pense au détenu qui s'est suicidé l'autre jour. Lui veut vivre. Mais pas comme ça.

L'isolement le rend plus nerveux encore. À l'heure du café, un maton lui a soufflé à travers la grille que Fred s'inquiétait de son état, qu'il n'avait pas voulu le faire tomber au mitard. Mo a entendu. Il le sait. Quand un gardien lui a demandé s'il voulait recevoir la visite de l'aumônier, il a balancé une godasse contre la porte. L'infirmière a fini par arriver. Ses bronches sifflaient. Ils sont encore venus à trois le cueillir, direction l'Hôtel-Dieu. Il a crié « foutez-moi la paix » et à son réveil il était allongé dans une chambre toute blanche avec un crucifix de bois clair au-dessus de la tête. Derrière la porte vitrée, l'ombre d'un policier en faction.

4

Les journaux locaux ne parlent presque plus du sabotage de l'éolienne. Le chantier est à l'arrêt. Une commission d'enquête a prélevé différentes parties métalliques détruites par l'explosion. Se sont succédé sur place des policiers, des assureurs, des démineurs avec chiens. Quelques curieux ont essayé de s'introduire sur la propriété mais ils ont vite été refoulés. Isidore a pris Black avec lui. Il abat la besogne sans se plaindre. Les Soulaillans continuent à vivre envers et contre tout. Seul le périmètre de l'explosion a été neutralisé par une bande rouge de sécurité. Ces derniers jours on a vu une jeune femme blonde dans les parages, qui pose beaucoup de questions et se promène avec un appareil photo sophistiqué. Elle a montré une carte aux policiers, qui l'ont laissée passer. Elle a même pu s'avancer jusqu'à la zone de l'éolienne abattue. Elle circule dans une Austin immatriculée en Suisse, un coupé quelque chose. Ce qu'elle a découvert l'a incitée à prendre toute une série de clichés sans donner la moindre explication. C'est à Mo qu'elle veut parler.

Une semaine après sa première apparition à la maison d'arrêt, elle est de retour.

Elle attend.

Elle l'attend.

— S'il ne veut pas vous voir on ne peut pas l'obliger, prévient le gardien.

— Je peux lui faire passer un message ?

— Non.

Passe la chance. Maître Chance. Il vient discuter du sort de son client avec le directeur. La conversation aigre-douce entre la jeune femme et le gardien lui fait dresser l'oreille. Cette fille en impose par le timbre assuré de sa voix. Elle s'impatiente. D'habitude c'est sortir de prison qui est difficile. Pourquoi est-ce si compliqué d'y entrer ?

— Que lui voulez-vous, à Mo ? questionne l'avocat.

— Lui parler de sa ferme, si ce n'est pas trop demander.

— Qu'est-ce qu'elle a sa ferme ?

— Je le lui dirai à lui. Aidez-moi s'il vous plaît.

La jeune femme est polie mais têtue.

— Bon, dit Chance. Attendez ici. Vous arrivez de loin ?

— De Zurich.

Il trouve bizarre l'insistance de cette inconnue. Comme si sa vie en dépendait. Quelques minutes plus tard, Chance lui fait signe de le suivre dans une petite pièce qui jouxte le parloir.

— Il a été transféré à l'hôpital. Rien de grave mais il déprime et son angoisse lui déclenche des crises d'asthme. On l'a mis sous assistance respiratoire. Les visites sont interdites pour le moment. Je vous préviendrai quand il sera en état, et s'il accepte de vous rencontrer. Pour ça il faudrait que je lui en dise un peu plus.

— Dites-lui que je connais le secret de sa ferme.

— Vous êtes sérieuse ?

— J'ai l'air de plaisanter ?

Il a pris sa carte avec son numéro de portable. « Mon nom ne lui dira rien. C'est très important pour son procès. » Elle l'a fixé du regard en prononçant ces mots. « Je transmets », a promis Chance. Il n'a pas tant d'atouts dans son jeu.

À l'approche des audiences, une association anti-éoliennes a fait entendre sa voix. Elle s'appelle Le Vent des Combes. Ses critiques frappent l'opinion qui commence à se mobiliser autour des nuisances causées par l'installation des mâts. Pollution esthétique, pollution sonore et lumineuse, risques pour la faune sauvage, migrateurs et oiseaux de nuit, repoussoir à touristes, moulin à maux de tête, eldorado pour promoteurs privés : les griefs s'accumulent. Les enquêtes de terrain se multiplient dans les départements voisins. Le progrès a soudain une sale tête. Surtout quand les militants des vallées rebaptisent les éoliennes pour ce qu'elles sont, des « aérogénérateurs industriels ». Élus et experts ont beau appeler à la raison, la parole publique est suspecte. On ne sait plus trop si le sifflement des pales est inoffensif, si ce ciment et cette ferraille enfoncés dans la terre ne causeront pas des dégâts irréversibles. Dans vingt ans, le Jura ressemblera-t-il au sinistre désert d'éoliennes de Californie ?

Le président du Vent des Combes a voulu entrer en contact avec Mo. Maître Chance a refusé. Ce ne serait pas aider la défense d'en faire le symbole d'une révolte militante, même si les arguments des écologistes et des riverains d'éoliennes pourraient justifier en partie l'action de Mo. La violence n'est jamais légitime. À chacun son rôle, pense l'avocat. Que les pourfendeurs des éoliennes fassent du bruit. De son côté, il entreprendra le juge sur le malheur d'un paysan poussé dans ses retranchements, contraint à une activité contre nature faute de pouvoir vivre du fruit de son travail et de sa terre. Un moment de désespoir.

5

Dans sa chambre d'hôpital, une silhouette blonde s'est glissée. Mo a repris des forces. Par la fenêtre, les frondaisons des grands arbres du parc municipal l'apaisent. De nouveau il respire. Il sent la vie qui revient comme la sève dans une feuille desséchée. La jeune femme s'est assise près de lui. Elle attend qu'il la regarde.

— Que me voulez-vous ?

— Je m'appelle Monika Villner. Je viens de Suisse.

— Je sais. Mon avocat me l'a dit. Il m'a parlé d'un secret.

— Je suis archéologue. Je travaille depuis plus de deux ans sous le parking de l'opéra de Zurich.

— Et alors ?

— Nous avons dégagé là-bas les restes d'une grande ferme néolithique qui date d'environ dix mille ans. Sûrement la plus importante d'Europe, la plus ancienne à coup sûr.

Mo s'est redressé sur son lit pour observer de plus près cette étrangère qui l'intrigue.

— Je vous parle de préhistoire, ou si vous préférez de l'histoire très ancienne de l'humanité.

— Je sais ce qu'est la préhistoire.

— Nous pensions depuis longtemps que des fermes néolithiques avaient pu exister de l'autre côté des montagnes, dans le Jura français. Jusqu'ici on n'avait jamais rien trouvé pour appuyer ces hypothèses. Mais depuis...

Elle hésite une seconde.

— Depuis que vous avez fait sauter cette éolienne, sans doute à cause de la charge puissante et de l'impact de la chute du mât et des pales au sol, enfin, vous ne pouviez pas imaginer, nous pensons...

Mo fronce les sourcils.

— C'est qui, "nous" ?

— L'équipe d'archéologues à laquelle j'appartiens. Elle est dirigée par le professeur Müller, un spécialiste reconnu du néolithique européen. Il est très fort en datation et en expertise d'objets agraires.

— Vous êtes bien jeune pour vous y connaître dans ces vieilleries, rétorque Mo.

— J'ai déjà une bonne expérience de fouilles dans le canton de Vaud et dans la vallée du Rhône, répond la jeune femme sans perdre son calme. Je suis aussi photographe et je sais reconnaître les traces particulières de ces fermes. Je ne suis pas une illuminée, croyez-moi.

Elle a rougi en prononçant ces paroles. Pour la première fois Mo l'encourage à poursuivre.

— Voilà ce que vous devez savoir. L'explosion a mis à nu des structures agricoles du néolithique comparables à celles trouvées sous l'opéra de Zurich. Vous comprenez ? Grâce à votre action, qui est bien sûr condamnable par certains côtés, nous venons de découvrir la première ferme de la préhistoire sur le sol français. Et c'est chez vous, sur vos terres des Soleillans.

— Soulaillans, la reprend Mo.

Cette fois c'est lui qui rougit.

— Vous êtes sûre ?

— On ne m'a pas encore laissée fouiller, mais les images que j'ai prises ne laissent guère de doute. C'est une organisation assez classique et documentée, avec des restes de maisons sur pilotis. La partie visible montre nettement des vestiges très anciens.

— Vous voulez dire…

— Que votre ferme existait au moins cinq mille cinq cents ans avant Jésus-Christ. Cela demande toutefois des recherches approfondies. Pas impossible que la datation nous emmène à six mille ans avant notre ère. C'est important vous savez. Un tournant majeur. Le moment où vos lointains ancêtres chasseurs-cueilleurs, parce qu'ils ont eu l'audace de planter quelques graines, et que ces graines ont donné du blé sauvage, sont devenus des agriculteurs éleveurs. Des sédentaires, si vous préférez.

Mo n'écoute plus. Il pense à Brun, à sa mère, à tous les Danthôme qui se sont cassé le dos sur la terre des Soulaillans. Des idées confuses agitent son esprit. Il aimerait courir à travers champs et ressusciter ses parents pour leur annoncer la nouvelle. Un frisson le traverse. Un vertige.

L'infirmière de service a passé une tête. Le temps de la visite est écoulé. À présent, il voudrait tout savoir sur les Soulaillans avant les Soulaillans. Monika lui dit qu'elle reviendra demain. À partir de ce moment il ne fait plus que l'attendre. Le souffle du vent dans les feuillages lui parvient par la fenêtre entrouverte.

6

C'est une nuit étrange, un voyage immobile. Hier soir, une infirmière lui a rapporté son volume d'Olivier de Serres. Aussitôt il a lu avidement quelques pages comme on se désaltère à une eau vive, l'art des jardins, le savoir des anciens, la course lente des saisons. Mo s'est endormi les yeux ouverts. Devant lui un monde renaît. Un homme marche sur une terre nue et grossièrement écroûtée. Il a dix mille ans ou presque. Plusieurs glaciations l'ont meurtri mais peu à peu, de l'Orient vers l'Europe, un réchauffement l'a fait se redresser. Il porte noué à l'épaule un sac gonflé de graines qu'il sème au rythme de son pas. Avec la prière, son premier acte de foi. Dans la vision de Mo, l'homme a les traits de Brun, en plus archaïque, en plus robuste, quelque chose d'un roc, d'un aurochs. Il a l'espoir que de chaque grain, minuscule intercesseur entre le sol et le soleil, lèvera un épi.

Cet homme qui marche en semant à la volée met fin à la nuit des temps. À la simple cueillette qui, la branche une fois dénudée, laisse entière l'angoisse du lendemain. À la tribulation du nomade. En semant, l'homme s'enracine. En croyant, il s'accroît. Son geste parabolique annonce la multiplication de la nourriture et rend possible, miracle à portée de main, celle de ses semblables. Promesse du froment pour le pain, de la vigne pour le vin. Ample mouvement immortalisé sur l'avers des pièces d'antan conservées précieusement par le grand-père Danthôme – avec le fusil à deux coups dont hérita Brun qui le transmit à Mo –, les Marianne semeuses aux éclats de bronze et d'argent. Devenu cultivateur, l'homme a inscrit dans son quotidien la possibilité d'un futur. Avant de semer, il a préparé sa terre, l'a apprêtée comme un oiseau construit son nid. Armé d'un bois de cervidé rougi à la flamme, il a griffé le sol. Le premier outil agricole de la création. Une branche courbée mue à la force de ses muscles dessine un sillon comme une ligne de vie. L'ancêtre de Mo s'extrait à jamais de sa condition animale. Sans renier le bœuf et le cheval qu'il attelle à son nouvel outil.

Dans la torpeur de sa chambre médicalisée, Mo croit entendre la grelottière de Perceval. Il est pareil à ces hommes de Lascaux qui, cessant d'être des bêtes, laissent à voir sur les murs des grottes l'image de leur animalité défunte. Vision de la vache aux cornes dressées qui ouvre la terre et l'engraisse de sa fumure. Dans sa robe couleur incendie, elle devient bête de somme et de trait, de tomme et de lait. Mo le sait depuis longtemps, Suzanne le lui a appris. D'une même racine sont nés les mots cheptel et capital, double expression de la richesse. Et si le *pagus* évoque le champ sillonné, Mo veut y voir aussi la page manuscrite, la terre transfigurée en livre d'heures.

À son réveil, le prisonnier est en nage. Il a des phrases plein la bouche. Des réminiscences de temps anciens quand sa mère, le prenant sur ses genoux – il ne la dépassait pas encore d'une bonne tête –, lui apprenait que délirer prenait sa source dans *delirare*, s'écarter du sillon de la terre. Et devenir fou.

Mo n'est pas fou. Ce matin il se sent fiévreux. Toutes les pièces d'un immense puzzle se mettent en place dans son esprit. Une frayeur ne le quitte pas. Celle de ne pas reconnaître les Soulaillans quand il reviendra. De ne pas retrouver ses marques. Que tous les chemins se soient effacés. Ses chemins secrets où il dialoguait avec les habitants des buissons et des haies. Les mares où paressait le soleil. Les infirmières se sont donné le mot, elles aussi l'appellent Mohican. Il s'est traîné jusqu'au lavabo. S'est regardé dans la glace. Il a l'impression de vieillir à vue d'œil. De l'eau tiède sur la figure. À l'hôpital il a droit à ce luxe. Un coup de brosse dans sa longue chevelure qui accroche. La lame du rasoir pour éclaircir le haut des joues.

Monika a frappé trois coups discrets à sa porte. Elle a souri en le voyant assis dans le fauteuil près de son lit. Il l'attend.

— J'ai de bonnes nouvelles, lance-t-elle.

— Pour moi ?

— Pour les Soleillans.

— Soulaillans.

— Oui, c'est ça. J'ai obtenu l'autorisation de pratiquer des relevés. Ce n'est pas encore le début des fouilles mais bientôt plusieurs hectares de votre ferme seront neutralisés pour une cause d'intérêt public.

— Et c'est bien ?

— Mieux que ça ! Si cette zone est classée en terrain

archéologique, ils devront démonter l'éolienne que vous n'avez pas détruite… Et le chantier industriel sera probablement fermé. Si j'ai raison, vous serez à la tête d'un sanctuaire. Rien ne pourra plus bouger.

— Mais je pourrai toujours exploiter les champs ?

— Oui. Ce sera même la seule activité possible. Une fois que nous aurons mis à nu les anciennes habitations néolithiques, sûrement des outils, des jarres, des épis incendiés, tout ce qu'on trouvera, les trous seront rebouchés et vous pourrez planter du blé ou de la chicorée si ça vous chante.

La jeune femme apporte à Mo les armes qui lui manquaient pour dire son hostilité à ces totems de fer plantés profond dans le sol. Des greffes contre nature sur un territoire dédié à la main de l'homme depuis si longtemps. Mo pense à la découverte de Brun après la tempête de 1999, ce bec d'oiseau taillé dans un os mystérieux, avec sa forme en tête de pioche. Le passé vole au secours du présent. Comme le lac Érié, comme les montagnes et les rivières des Maoris, les Soulaillans vont renaître de leurs plus anciennes cendres. Mo se redit les paroles du chef indien Seattle, « vous ne possédez ni la fraîcheur de l'air ni le miroitement de l'eau ». Il ajoute pour lui : ni la lumière du couchant sur les blés.

Monika parle d'une voix teintée d'accent.

— C'est une très longue histoire, dit-elle. Je reviendrai demain.

Mo regrette que la jeune femme parte déjà.

Mais le lendemain elle est là comme prévu.

Elle est vêtue d'une salopette, les cheveux remontés dans le cou.

— Mon bleu de travail, dit-elle.

Elle raconte l'histoire des Soulaillans il y a huit, dix mille ans. D'abord une profusion d'animaux. Les bœufs sauvages appelés aurochs. Les cerfs, les castors, les blaireaux, les loups et les lièvres, leurs courses, leurs fièvres. Des hardes de sangliers. Des chiens. La ferme, assure Monika, n'est pas vraiment une ferme. Plutôt un hameau d'une dizaine de maisons sur pilotis aux toits couverts d'écorces de tilleul cousues. Le sol est humide, les hommes marchent sur une longue allée centrale faite de planches de chêne ou de hêtre, de frêne parfois, le tout entouré d'une haute palissade ou d'un mur épais car la guerre fait déjà partie de la vie. D'après ses premières observations, les poteaux maîtres enfoncés à épaules d'hommes dans le sol crayeux désignent un néolithique lacustre. Il faudrait pomper l'eau du lac pour vérifier son intuition. Elle pense qu'en asséchant le bassin on trouverait des vestiges de pirogues.

— À cinq cents mètres d'altitude ? s'étonne Mo.

— C'est possible. Les habitants de cette époque sont venus de Méditerranée. Ils sont remontés par la Suisse avant de s'établir sur les terres légères du Jura où ils ont semé leurs premiers blés. Ils ont colonisé la combe d'Ain, les lacs de Clairvaux et de Chalain. Les vallées aveugles, les reculées, les anciennes langues gelées qui creusaient les reliefs.

Monika est sûre qu'en creusant à l'entour du cratère laissé par l'éolienne arrachée on trouvera des houes, des faucilles, des pilons d'os ou de bois, des polissoirs en grès, des mortiers pour extraire la farine. Elle verrait bien aussi des haches de pierre à manche gainé de ramures de cerfs, avec une ligature en nerf animal et de l'adhésif végétal. De la colle de bouleau ou du bitume naturel. Elle parle d'arcs en if et de flèches à pointe de silex, d'herminettes, de bâtons à sillonner, de couteaux à moissonner. De pierres chauffantes pour cuire les céréales stockées en épis dans les galetas, de meules dormantes avec leur molette à dos renflé pour éclater le grain.

Dans les yeux de Mo brillent des départs de feu. Monika s'arrête, le regarde, reprend. Si elle se fie à ce qu'elle a vu dans son pays, on pourrait même retrouver des pollens de plantes intacts pour reconstituer le garde-manger des habitants d'alors. Elle ne serait pas étonnée de découvrir des lentilles et de l'ail des ours. Ou encore des mûres et des fraises sauvages au fond de petites poteries, des glands cuits et recuits pour en chasser l'amertume, des noisettes et toutes sortes de baies. Et parmi les ustensiles de cuisine, des tasses en bois d'érable, des extrémités de jeunes sapins blancs en guise de batteurs à bouillie. Bien avant les moines défricheurs du Moyen Âge, dit-elle, l'homme du néolithique faisait tomber des arbres par centaines avec sa hache rudimentaire au tranchant en bois de cerf. Une fois un champ épuisé, il ouvrait de nouveaux espaces, manche et cognée à la main. Il faut imaginer les Soulaillans comme une immense forêt peu à peu arrachée. Coupes claires, coupes sombres, cultures, pâtures, ramage, pelage.

Mo est captivé. Le savoir de cette jeune femme haute comme trois pommes le laisse interdit. Quand elle part il lui demande si elle va revenir. Elle répond oui. Chaque fois elle répond oui. Pourquoi elle ne reviendrait pas ? Il aimerait l'emmener aux Soulaillans. Qu'elle lui décrive avec ses mots à elle ce qu'il croyait connaître. Et qu'il lui dise avec ses mots à lui ce qu'elle ignore. Il lui parlerait de sa mère, lui montrerait sa chapelle, son banc de prière, l'arbre centenaire qui coulait son ombre sur ses épaules à la manière d'une cape, la cabane où il a lu Virgile pour la première fois. Il évoquerait Brun, sa force, son courage, sa manie de courir le monde, et aussi les truites de la rivière, leur reflet argenté dans le soleil, la senteur des colzas au printemps, et la laine de ses petits moutons de Soay, leur air grave, les pointillés de leurs sabots légers imprimés sur la terre meuble. Il lui raconterait comment enfant, dans les étés sans air, il embrochait les vipères à la pointe d'un bâton et les portait se tortillant encore au pharmacien du bourg. Le bonhomme en blouse blanche inspectait les glandes du reptile et lâchait une pièce en échange de ce venin tout frais qui ferait un sérum épatant.

Jour après jour, Monika poursuit son récit.

— Vous voyez, je tiens parole.

C'est une belle expression, tenir parole. Il redoute quand elle ne vient pas. Une semaine entière elle a disparu, partie dans sa famille à Zurich. Mo l'a vue revenir avec soulagement. Elle entend réunir tous les indices racontant la légende vraie des Soulaillans.

Bientôt un mois que Mo est incarcéré. Le procès approche. La partie civile rassemble ses pièces. L'existence d'une ferme néolithique commence à transpirer. Un entrefilet dans *La Voix du Jura*. Un entretien avec Monika sur les ressemblances avec la Suisse occidentale. Et ce titre, « Mohican et la vérité des Soulaillans », avec une première photo aérienne de vestiges préhistoriques, et le visage de Mo en médaillon.

7

Isidore est venu ce matin. Mo lui trouve quelque chose de changé. Une expression dans le regard. Une manière de se tenir plus droit. Comme si à quatre-vingts ans passés il finissait par accepter sa taille. L'oncle s'est assis sur une chaise en contre-jour. Mo le perçoit dans un halo de lumière. Fidèles à leur habitude ils restent à se regarder. C'est Mo qui parle, il sait qu'Isidore écoute. Mais quand Mo s'inquiète de sa fatigue avec tous ces travaux aux Soulaillans, le vieil homme secoue la tête. Un timide sourire éclaire son visage. En guise de réponse il sort de sa veste quelques photos récentes. Ces petits clichés rectangulaires que crachent les appareils Polaroid d'aujourd'hui. Mo les examine incrédule. On y voit son oncle entouré des trois Algériens du chantier, son bras droit sur les épaules du plus jeune. Il ne connaît pas cet Isidore, les traits détendus, rayonnant, rajeuni. Les ouvriers ont troqué leur bleu de chauffe et leurs casques pour des vêtements adaptés aux travaux des champs.

Comme à son habitude, Isidore se tait. Il désigne les photos avec excitation, c'est à Mo de compléter l'histoire. À Mo de comprendre que les jeunes Maghrébins prêtent main-forte à Isidore. Il a revu le sang et le miel, l'horreur de l'électricité, la guerre aux grands-parents de ces gamins qui ne lui avaient rien fait. Il en avait perdu jusqu'à la parole. Maintenant la boucle de la vie se referme. Les trois ouvriers se feront paysans aux Soulaillans aussi longtemps qu'on aura besoin de leurs bras.

Mo s'attarde sur une photo. Les Algériens posent derrière quelques moutons laineux attroupés au premier plan comme pour le saluer. C'est cette vision qui frappe Mo, ses moutons de Soay, leurs têtes venues du fond des âges.

8

— Les Soulaillans, madame la présidente, c'est un lieu-dit qu'on aurait fini par ne plus dire.

La cour est réunie au grand complet ce matin d'octobre au tribunal de grande instance de Lons. Depuis la veille, Mohican, comme l'appelle désormais la presse, se tient droit et impassible à la place de l'accusé. Il n'est pas menotté. Son avocat et Monika sont allés à la ferme lui chercher un pantalon et une veste de velours sombre, une chemise blanche, une ceinture de cuir.

La partie civile a lourdement insisté sur les dégâts matériels de cet acte qu'elle qualifie de criminel, même si « Dieu merci », a précisé le défenseur des plaignants, aucun ouvrier ne se trouvait à proximité. Un point que maître Chance a tourné à son avantage, affirmant qu'à l'évidence Mo Danthôme n'avait jamais eu l'intention de s'en prendre à autre chose qu'à des installations matérielles érigées sur sa ferme.

La présidente a noté. Une femme dans la cinquantaine, qui ne laisse filtrer aucune émotion.

Un expert en assurances a estimé à cinq cent mille euros les dégâts, sans compter le manque à gagner dû à la mise en service retardée de l'éolienne. Si tant est qu'elle puisse un jour être réimplantée, vu les moratoires demandés par l'administration du patrimoine du fait des récentes découvertes archéologiques. Le chiffre des dommages danse dans les yeux du public qui se masse au procès en habits du dimanche. Un frisson, un émoi, le passage d'un vaisseau d'argent parmi les esprits simples. Quant aux fouilles dont est « menacé » le chantier, l'expert a prétendu qu'il s'agissait d'une manœuvre de diversion visant à entraver la marche inexorable du progrès.

Maintenant la parole est à la défense. Depuis plus d'une heure, maître Chance plaide toutes les circonstances atténuantes permettant aux magistrats d'adoucir la sentence qui ne manquera pas de tomber. Mo ne nie pas son acte. « Un geste de libération », a martelé l'avocat. Les représentants d'associations anti-éoliennes sont présents. Mais l'enjeu du procès dépasse de loin ces moulins à vent modernes. Il en va d'une certaine idée des paysans dans le pays, de leur obstination à façonner les paysages, à les conserver intacts à la vue, à y implanter durablement une activité humaine ancestrale qui relie le sol au ciel, la nature aux cultures, par un assujettissement raisonné du règne animal et végétal, de la terre et des fruits qu'elle porte.

Parmi les témoins, l'avocat a fait citer le vétérinaire Diego Alvarez. Le vieil homme est arrivé à la barre d'un pas fourbu mais le regard vif. Il a exprimé ses inquiétudes à propos des morts mystérieuses d'animaux, deux en quelques semaines sur la seule propriété des Soulaillans. Sans compter plusieurs cas non élucidés dans des départements voisins. Il soutient qu'aucune cause physiologique n'est à l'origine de ces décès. Il ne veut pas s'avancer trop sur le rôle des éoliennes. Il constate juste qu'elles fonctionnaient depuis peu à proximité des troupeaux touchés. L'avocat des plaignants a réduit en pièces son témoignage. Il a rappelé qu'aucune preuve scientifique ne confortait cette hypothèse fantaisiste. Diego Alvarez n'a pas apprécié le mot « fantaisiste », et il a tenu à rappeler ses états de service depuis plus de quarante ans. La cour l'a remercié.

Maître Chance a aussi appelé à comparaître une femme inconnue de Mo qui s'est présentée comme ancienne conseillère de clientèle d'une grosse agence du Crédit Agricole, dans le département du Doubs. Son témoignage était confus mais on a compris que cette spécialiste des placements avait longtemps incité les particuliers à investir dans les éoliennes. Jusqu'au jour où elle a réalisé son erreur au point de demander sa mutation dans un autre service. La présidente, intriguée, lui a demandé les raisons de ce revirement. Elle a répondu qu'elle avait pris conscience du caractère nocif et antiéconomique de ces installations. Mais quand maître Chance l'a encouragée à préciser ses critiques, elle n'a rien su dire sinon qu'elle regrettait.

L'avocat est à son affaire. Il plaide. Il plaît. Monika s'est assise au premier rang du public, sur la gauche des travées. Mo n'a encore rien dit. Il écoute maître Chance raconter la dureté de ce métier, l'angoisse des années sans, le mépris des citadins pour ce labeur souvent ingrat – « Savez-vous, madame la présidente, ce que signifie de nettoyer chaque soir les flots de pisse d'une étable ? De se lever à l'aube chaque matin sans l'espoir de se payer un salaire en fin de mois ?» Mo écoute encore l'avocat évoquer ces hommes qu'on retrouve pendus à la poutre d'une grange quand ils payent de leur vie les traites à la banque. Il l'entend parler avec émoi de Suzanne qui a fait de son fils un être pleinement cultivé, lui apprenant la grammaire et Virgile, la multitude des fleurs, des papillons et des oiseaux.

Quand la présidente a demandé à Mo s'il avait quelque chose à ajouter, il s'est redressé lentement, a appuyé ses mains sur l'aplat du box avant de se tourner vers la cour. Il y a eu un grand silence. Mo en impose, avec sa haute taille et sa chevelure hirsute tenue par le bandeau sombre qui ceint son front. Il a parcouru l'assistance sans une parole, la gorge nouée. Puis cette phrase est venue, pour en entraîner une autre qu'il peinait encore à formuler dans sa tête bourdonnante.

— Les Soulaillans, madame la présidente, c'est un lieu-dit qu'on aurait fini par ne plus dire.

Passé sa surprise, la présidente fait signe à Mo de continuer. Maître Chance l'encourage du regard. Il cale. Il avait tellement préparé cette première phrase que la deuxième tarde à se former. Il lui faut tout rassembler en quelques minutes. Capter l'attention des magistrats après les banderilles plantées tout à l'heure par le procureur au nom de l'État bafoué, et dont les mots résonnent encore dans le prétoire comme dans son esprit à vif : violence du procédé, armes de guerre, volonté de détruire. Atteinte intolérable aux biens d'autrui érigés au nom de l'intérêt général.

— Notre nom, continue enfin Mo, est un vieux nom d'ici. Je ne peux vous dire à quand il remonte, ça nous emmènerait trop loin, et s'il sonne comme fantôme, sachez que c'est à main nue et à visage découvert que nous avons remué cette terre dans tous les sens avant qu'elle nous prenne les uns après les autres, mon père, son père et toute la lignée, et je n'oublie pas ma mère ni ses parents. Tout m'accable dans ce dossier, je le sais. Avant que vous me jugiez pourtant, je voudrais vous dire ce que m'inspirent les vestiges anciens découverts aux Soulaillans. Notre pays se méfie de la terre et de ceux qui la cultivent. Nous, les paysans, avons été relégués une fois pour toutes dans le camp des réactionnaires. Maître Chance vous l'a dit. J'ai grandi avec Virgile et je devine déjà vos haussements d'épaules. De la confiture à un cochon. Quand j'étais enfant j'écoutais ma mère, la voix de ma mère, réciter ces vers que je ne comprenais pas mais qui me pénétraient comme un baume. Et si mon père surprenait ce manège, il levait les yeux au ciel, convaincu que c'était au ciel qu'il fallait s'en prendre pour me ramener dans le droit des sillons qu'il s'évertuait à creuser. Tous les deux avaient raison, lui qui se tuait à la tâche, elle qui m'élevait près des poètes et des astres. Ses images m'ont nourri aussi bien que la soupe du soir. Année après année j'ai vu les miens éclater la terre, labourer, semer, cultiver, récolter et recommencer, planter les blés de printemps, mener les bêtes aux champs, perdre le sommeil aux vêlages et perdre goût à la vie dans les hivers sans amis qui vous dévorent tout cru, dans les saisons sans pluie et les étés sans air. Ne jamais se plaindre était la bonne mesure pour accepter leur sort. Quand ils parlaient de la pluie et du beau temps c'était le contraire de parler pour ne rien dire car du sec ou du mouillé dépendait leur vie tombée parfois plus bas que terre, comme les prix de leurs récoltes. J'ai appris depuis ma jeunesse ce que décembre défait, le monde qui se fige jusqu'aux premiers soleils d'avril. On entend alors le chant clair de l'eau qui ruisselle. Les stalactites qui tombent du bord des toits et des branches. L'existence repart une fois de plus au moment où on allait ne plus y croire. Ce ressaut d'énergie, nous ne le devons pas au vent qui se prend dans les pales de carbone des éoliennes. Sans doute le manteau de neige qui recouvre la forêt du Massacre et tout le haut Jura ne vous inspire-t-il que des envies de glisse et de vin chaud. Pour nous c'est notre souffle qui se coupe et qu'on retrouve par le seul mouvement de nos corps pour déblayer, gratter, biner, redessiner cette page que le froid veut effacer et que nous écrivons coûte que coûte à la surface de la terre depuis…

Mo s'est interrompu. Il fixe Monika.

— … depuis dix mille ans. Imaginez le livre que nous avons écrit de nos mains et aussi de nos pieds, et demandez-vous pourquoi nous accepterions soudain, au nom des lois du profit – un profit qui nous échappera comme toujours –, de mettre un point final à cette aventure humaine qui nous raconte mieux que des pylônes ?

» Ma mère n'était plus de ce monde quand j'ai compris ce qui me faisait vibrer dans le nom de Virgile. Virgile pour la vigilance, Virgile pour l'espace vierge de tout saccage de l'homme. Mais nous n'avons pas été assez vigilants, et la virginité des sols s'est perdue dans les mirages aveuglants et fatals de la chimie. Il y avait tant de bouches à nourrir, tant d'abonnements proposés aux chaînes télé, et de téléphones dernier cri à acheter, et de voyages au bout du monde, puisque nous n'étions plus que des consommateurs. Le mot d'ordre était tout trouvé, produire beaucoup et pas cher, de la merde cancérigène. Le dernier cri c'est nous qui l'avons poussé, c'est moi qui vous le gueule à la figure.

Maître Chance a écouté bouche bée. Mo crache ses convictions mûries depuis l'enfance aux Soulaillans. Le buste projeté en avant pour ne rien perdre de ses paroles, la présidente offre toujours un visage impassible que dément la nervosité de ses doigts. On a vu ses joues se pigmenter quand Mo a raconté l'empalement de son vieux cheval contre les dents du tracteur, une nuit d'apocalypse. Il n'a pas terminé.

— Nous paysans avons souvent manqué de vigilance, et mon père a payé de sa vie les excès d'un système où les conseilleurs s'étaient changés en pousse-au-crime. Mais est-ce une raison pour nous dénaturer encore ? Nos gestes, nos travaux, nos espérances et notre simple présence sur ces terres ingrates composent une vérité du monde qu'aucune machine, même propulsée par le vent, ne pourra effacer. C'est l'humain qui l'emportera toujours ici. Les Soulaillans, je les ai dans la peau. Et ma peau ne peut supporter ces mâts de ferraille.

Rien n'arrête plus Mo. Il ne voit personne, ni la présidente et les magistrats qui l'entourent, ni son avocat, ni Monika.

— Moi aux Soulaillans j'ai voulu cultiver du beau. Vous pensez qu'un paysan ça ne parle pas comme ça.

Un paysan ça sent le fumier, ça cause mal, c'est le "paillu", le péquenaud dont les enfants rougiront toute leur vie. Le beau et le bon, ça vous dit quelque chose ? Imaginez que certains printemps, quand on labourait les champs puis qu'on épandait nos semences, mon père et moi, un essaim de mouettes fondait sur nous à grands cris aigus comme si elles se fichaient de nous. Oui, des oiseaux marins dans notre Jura, que mon tracteur soulevait par centaines. Et ce n'est pas la seule chose extraordinaire qui se passe sur les hauteurs, par-dessus les terres à sapins, là où jadis mes aïeux cultivaient du sarrasin. Si on avait le temps je vous parlerais de mes moutons de Soay qui passent leur vie à tondre les herbes folles sans rien produire d'autre que des paysages ininflammables. Un mouton en guise de pare-feu ça vous fait marrer. Il faut être simplet pour penser ça. Alors je suis un simplet. Si on avait le temps je vous dirais comment j'ai appris les jeux subtils du sol avec le soleil, les ruses pour récupérer la pluie, le combat contre les maladies qui surgissent en bout de champ avec une armée de coccinelles et un bouchon, pas plus, de pesticide à tête de mort. Si on avait le temps je vous dirais aussi que le bœuf et le cheval se défendaient pas mal avant les tracteurs.

— Quel rapport avec notre affaire ? s'impatiente soudain la présidente.

— J'y viens. On ne sait plus ce qu'on veut. Ni nous, les paysans. Ni la société qui fonce à toute allure, qui croit tout avoir sans rien payer. On s'est perdus en route et moi, j'ai besoin de retrouver le chemin des Soulaillans, mon chemin. Il n'y a que dans ces champs et ces prés-là, qu'à travers ces buissons et ces broussailles, dans ces cours d'eau secrets, que je sais qui je suis. Il y a eu assez de dégâts comme ça. Je vous le demande, madame la présidente, laissez-moi rentrer chez moi.

La séance a été suspendue. La cour s'est retirée. Elle réapparaît moins d'une heure plus tard. Mo jette des regards nerveux vers Monika. Il lui semble avoir aperçu la haute silhouette d'Isidore, mais il a beau scruter la salle, il ne le voit plus nulle part. C'est une assistance de la campagne, des hommes aux cheveux blancs surtout, l'allure empruntée dans leurs habits bien repassés. Certains sont venus avec une épouse ou un fils. Une partie du public est plus jeune, composée aussi de curieux qui ont entendu parler de ce Mohican par la presse, et fixent maintenant le grand gaillard en retenant leur souffle. Sans trop savoir quoi penser, vers qui pencher. Mo observe la silhouette raide de Le Quintrec, celle arrondie de Ducazeau. Leurs regards hautains. De loin il ne saurait dire ce qui l'emporte dans leurs yeux tournés vers lui, de la colère ou de l'incompréhension. Des vautours, se dit-il.

La présidente a marqué un silence, une feuille devant ses yeux, avant de lire le délibéré. Il tient en une courte phrase. Un brouhaha est monté aussitôt, si bien que Mo a dû regarder maître Chance pour vérifier qu'il avait bien entendu. Ce sera du sursis, six mois. Plusieurs membres du Vent des combes franchissent la barrière qui les séparait de lui pour saisir sa main et l'étreindre bruyamment. Il n'a pas rêvé. C'est bien Isidore, au fond du tribunal, ce vieil enfant qui pleure.

La salle se vide. On emmène Mo pour sa levée d'écrou. Il est libre.

9

Un matin de liberté, dans la douceur de ce début d'automne, Mo s'est décidé. Il se sentait léger, en accord avec lui-même. Les Soulaillans avaient retrouvé leur calme. Alors il a pris l'urne qui dormait dans l'ombre du cellier. Il a nettoyé le dessus avec un chiffon propre. A soulevé le couvercle. Mo s'est souvenu des ultimes volontés de son père. « Du soleil et du vent. Pas de pierre », avait écrit Brun sur une feuille pliée restée dans sa chambre. C'était le jour, c'était l'heure. Il faisait bon.

Au lendemain du procès, avant de rentrer en Suisse, Monika avait conduit Mo à l'endroit où, selon elle, les premiers hommes avaient investi les Soulaillans. Là où ils avaient pris racine. Puis elle l'avait embrassé. Il avait risqué un « à bientôt ». Elle n'avait pas dit non. Avait ajouté : « Les Soleillans maintenant c'est un peu mon bébé non ? » Il n'avait pas corrigé sa façon de prononcer, sûr qu'à la longue elle apprendrait.

Mo a serré l'urne contre sa poitrine. Le ciel argenté de nuages clairs filtrait les rayons d'un soleil roux. L'air résonnait des battements du temps. Il s'est arrêté au bord d'un monticule ouvert sur la combe, à mi-hauteur des

Soulaillans. Ses ancêtres venus de Méditerranée s'étaient attardés ici. Devant cette lumière radieuse, l'un d'eux s'était emparé d'un bâton à fouir pour miser quelques graines au casino de la création. Un début hasardeux et prometteur, un commencement du monde. Dans la profondeur des dents géologiques scintillaient les éclats du passé. Mo a ouvert l'urne et un essaim de cendres s'est envolé pareil à un geyser. Brun s'est éparpillé. Il est devenu la terre. Le sel de la terre.

Œuvres d'Éric Fottorino (suite)

Récits cyclistes

Aux Éditions Gallimard

PETIT ÉLOGE DE LA BICYCLETTE, Folio 2€ nº 4619, 2007.

PETIT ÉLOGE DU TOUR DE FRANCE, Folio 2€ nº 5607, 2013.

Aux Éditions Denoël

LE TOUR. 100 images, 100 histoires (avec Jean-Marie Leblanc, Jean-Paul Ollivier et Bernard Thévenet), coédition avec AFP, 2013.

Chez d'autres éditeurs

JE PARS DEMAIN, *Éditions Stock*, 2001, prix Louis-Nucera (Folio nº 5258).

LA FRANCE VUE DU TOUR (avec Jacques Augendre), *Éditions Solar*, 2007, prix Antoine-Blondin.

Albums

Aux Éditions Gallimard Loisirs

LE TIERS SAUVAGE (avec Aldo Soares), 2005.

MARÉE BASSE (avec Éric Guillemot), 2006.

LA BELLE ÉCHAPPÉE. Un Tour de France autrement (avec Mickael Bougouin, Thierry de Lestrade et Sylvie Gilman), 2014.

Aux Éditions Philippe Rey

FEMMES ÉTERNELLES (avec Olivier Martel), 2011.

BERBÈRES (avec Olivier Martel), 2012.

Aux Éditions Calmann-Lévy

PLANTU, 50 ANS DE DESSIN, 2018.

Reportages

Aux Éditions Denoël

EN AFRIQUE (avec Raymond Depardon), 2014.

PARTOUT SAUF EN AFRIQUE (avec Marc Riboud), 2014.

MES MONSTRES SACRÉS (avec Raymond Depardon, Jean-Pierre Bonnotte, Richard Dumas, Ulf Andersen, Stéphane Lavoué et Léa Crespi), 2015.

J'AI VU LA FIN DES PAYSANS (avec Raymond Depardon), 2015.

Composition : IGS-CP
à L'Isle-d'Espagnac (16).
Achevé d'imprimer
sur Roto-Page
par l'Imprimerie Floch
à Mayenne, en juin 2021.
Dépôt légal : août 2021.
Numéro d'imprimeur : 98597.

ISBN 978-2-07-294174-0 / Imprimé en France.

379566